英国ちいさな村の謎⑤

アガサ・レーズンの結婚式

M・C・ビートン　羽田詩津子 訳

Agatha Raisin and the Murderous Marriage

by M. C. Beaton

コージーブックス

AGATHA RAISIN AND THE MURDEROUS MARRIAGE
by
M. C. Beaton

挿画／浦本典子

ケベックに住む、妹マチルダと
義理の弟であるローラン・グルニエに愛をこめて。

この本のすべての登場人物とカースリー村は、作者の想像の産物である。
作中で言及しているボリス・エリツィンの運命もしかり。

アガサ・レーズンの結婚式

主要登場人物

アガサ・レーズン……………………………元PR会社経営者
ジェームズ・レイシー………………………アガサの隣人
ジミー・レイズン……………………………アガサの夫
ミセス・ゴア＝アップルトン………………慈善事業主
デズモンド・デリントン……………………健康施設の利用客。地元の名士
レディ・デリントン…………………………デズモンドの妻
ヘレン・ウォリック…………………………デズモンドの愛人。秘書
ジャネット・パーヴェー……………………健康施設の利用客。白髪の老女
グロリア・コンフォート……………………健康施設の利用客。ブロンドの中年女性
ジェフリー・コンフォート…………………グロリアの元夫
バジル…………………………………………グロリアの愛人
ミセス・ハーディ……………………………アガサのコテージの買い主
ミセス・ブロクスビー………………………牧師の妻
ビル・ウォン…………………………………部長刑事
マディ・ハード………………………………巡査。ビルの同僚
ロイ・シルバー………………………………アガサの元部下

1

アガサ・レーズンとジェームズ・レイシーの結婚式まで、余すところ一週間となった。イギリスのコッツウォルズ地方にあるカースリー村の人々は、アガサが村の教会で式を挙げず、ミルセスターの登記所で結婚するというのでがっかりした。とりわけ牧師の妻のミセス・ブロクスビーは、その理由がわからず傷ついていた。

実は、アガサの夫がすでに死んでいるという証拠がなかったのだ。そのことはアガサしか知らず、重婚罪を犯すかもしれないことは、自分の胸だけに秘めていた。アガサは婚約者のハンサムで魅力的な隣人、ジェームズ・レイシーに夢中だったので、死亡の証拠を見つけるまで結婚式を延ばしたりしたら、彼を失うかもしれないと不安でたまらなかったのだ。酒浸りの夫、ジミー・レーズンとはもう何年も会っていなかった。あんなに浴びるように酒を飲んでいれば、とっくの昔に死んだにちがいない。

ミルセスターの登記所を選んだのは、登記係が年寄りで耳が遠く、アガサたちの結婚にまるっきり無関心だったからだ。宣誓をしたら、用紙に記入すればいいだけで、いまだにアガサ・スタイルズという旧姓のままになっているパスポート以外に身分証明書を提出する必要もなかった。披露宴は村の集会所で開くことになっていて、カースリーのほぼ全員を招いていた。

このときまでアガサは知らなかったが、彼女の逆境はすでに始まっていた。若い友人ロイ・シルバーが自分をＰＲする絶好の機会をだいなしにされたとアガサを逆恨みし、陰険にも探偵を雇ってジミー・レーズンを見つけさせようとしていたのだ。ロイは以前、アガサの経営するＰＲ会社で働いていたが、彼女が早期退職するにあたって会社を売却した先に転職した。その後もロイとアガサは友人づきあいを続けていた。先日アガサが殺人事件を解決したとき、ロイはその成功のおこぼれにあずかり自分の名前を売ろうと画策したのだが、アガサに鼻であしらわれて失敗してしまった。それで彼女に仕返しをしてやろうと機会を狙っていたのだ。

そんなこととはつゆ知らず、おめでたいことにアガサは自分のコテージを売りに出し、結婚式のあとに隣のジェームズのコテージに引っ越すべく、準備万端、整えていた。ときおり、その幸福にかすやかな不安が影を落とした。ジェームズはアガサと愛を交わしてくれるし、二人はしじゅういっしょに過ごしていたが、アガサはときどき本当の彼を知らないような気がした。ジェームズは引退した大佐で、軍の歴史を執筆するためにこの村で暮らすようになった。彼には干渉されるのを嫌うような近づきがたいところがあった。それに二人で協力して解決したこれまでの殺人事件についてはは話題にしたし、政治や村の人々についてもしゃべったが、お互いへの気持ちについては一切口にしたことがなかった。ジェームズは口数の少ない恋人だった。

アガサはぶっきらぼうで、ときには口が悪くなる中年女性で、貧しい家の生まれから裕福なビジネスウーマンへと上りつめた。引退してカースリーに来るまで、本当の友人は一人もいなかった。必要な友だちは仕事だけ、と当時は考えていたからだ。というわけで、常識も自己分析力もたっぷり備えていながら、ことジェームズに関しては、アガサは盲目だった――愛によって盲目になっているばかりか、アガサはこれまで誰とも親密になろうとしなかったので、彼がコミュニケーションをとろうとしないこともふつうのことだと思っていた。

結婚式には白いウールのスーツを着ることにした。スーツにあわせて、幅広のつばのついた麦わら帽子をかぶり、グリーンのシルクのブラウスと黒いハイヒールをあわせ、ウェディングブーケの代わりに襟元にコサージュを飾るつもりだった。もう一度若くなれたらいいのに、そうすれば白いウェディングドレスを着られたのに、と何度か残念に思った。それに、ジミー・レーズンと結婚しなければ、教会で結婚式を挙げられたのだ。白いスーツをもう一度試着して、鏡に映った自分の顔をじっくり検分した。クマのような目は小さすぎたが、マスカラとアイシャドウを上手につければ、晴れの日には、もう少し大きく見えるだろう。口の周囲にいまいましい小じわがあったし、ぞっとすることに上唇のそばから長い毛が一本突きだしていたので、毛抜きでひっこ抜いた。アガサは大切なスーツを脱ぐと、ブラウスとズボンに着替え、顔じゅうにしわとりクリームをべたべた塗った。ずっとダイエットをしていたので、今まで二重顎《あご》だったのが解消されてきたようだ。耳の下でボブにカットした茶色の髪は、健康的につやつや輝いていた。

ドアベルが鳴った。アガサは声を殺して罵《ののし》ると、しわとりクリームをふきとり、玄関に出ていった。牧師の妻のミセス・ブロクスビーが戸口に立っていた。

「あら、どうぞ、入ってちょうだい」アガサはしぶしぶいった。ミセス・ブロクスビーのことは大好きだった。それでも、この親切そうなまなざしと地味な顔立ちをした善良な女性の姿を目にすると、罪悪感に苛《さいな》まれた。いつかミセス・ブロクスビーにご主人はどうなさったの、と訊かれたことがあり、ジミーは死んだと答えておいた。しかし、牧師の妻と顔をあわせるたびに、重度のアルコール依存症だった哀れなジミーがもしかしたら生き延びているかもしれない、という不安が頭をもたげるのだった。

ロイ・シルバーは雇った探偵と向き合っていた。探偵は三十少し過ぎの女性で、アイリス・ハリスといった。ミズ・ハリスは――ミスですって⁉　冗談じゃないわ、撤回してください――熱心なフェミニストだったので、この人は探偵仕事ができるのだろうか、もしかしたら女性の権利についてクライアントに熱弁をふるうのを専門にしているのかもしれない、とロイは不安になりかけていた。だから彼女がこういったときは意外に感じたほどだった。「ジミー・レーズンを見つけました」

「どこで？」

「ウォータールー橋の下です」

「彼に会ったほうがよさそうだ。今もそこにいるかな？」

「新しい酒びんを買いに行くとき以外は、その場を動かないと思います」

「本当に彼なんだね？」

アイリスは軽蔑のまなざしでロイをじろっと見た。「わたしが女性だからという理由だけで、ちゃんと仕事ができないと考えているんですね。それだけの理由で……」

「もうけっこう！　直接彼に会ってくる。きみはよくやってくれたよ。請求書を送ってくれ」そしてロイはミズ・ハリスにまた説教されないうちに、大急ぎで探偵事務所から逃げだした。

ロイがウォータールー駅でタクシーを降り、橋の方に歩きはじめたときは、すでに空が薄暗くなりかけていた。アイリスといっしょに来なかった愚かさに気づいた。せめて人相だけでも訊いておくべきだった。段ボール箱の外にすわっている若い男がいた。しらふのようだったが、入れ墨を彫った腕と剃りあげた頭にロイはすくみあがった。

「ジミー・レーズンという男を知らないかな？」

思い切って声をかけたものの、急に怖くなった。昼間の光はもはやほとんど消えていたし、ここは彼がふだん見ないようにしているロンドンの一角だった——ホームレス、酔っ払い、薬物依存症者のたまり場。

この若者が知らないといったら、すべてを忘れよう。ロイはふいに自分の卑劣な行動が恥ずかしくなってそう決意した。しかしアガサの運命はどうやら下降線をたどっていたらしく、若者は簡潔明瞭にいった。「あそこにいるよ」

ロイは暗闇を透かし見た。

「どこ？」

「左側の三番目の箱」

ロイは教えられた段ボール箱へ、ゆっくりと近づいていった。最初は空っぽだと思ったが、かがみこんで暗がりをのぞきこむと、目が光っているのがわかった。

「ジミー・レーズンかい？」

「ああ、何だよ？　あんた、福祉の人間？」

「ぼくはアガサの友だちなんだ――アガサ・レーズンの」

長い沈黙が続いた。それからゼイゼイ咳きこみながら笑う声がした。

「アギーだって？　あいつは死んだかと思ってたよ」

「いや、死んでないよ。来週の水曜に結婚する予定だ。コッツウォルズのカースリー村に住んでいる。彼女のほうはあんたが死んだと思ってるよ」

大きな箱の内側で、ガサゴソいう音がしていた。しばらくして、ジミー・レーズンが四つん這いになって現れると、ふらつきながら立ちあがった。薄明かりの中でも、酒ですっかり身を持ち崩している様子が見てとれた。薄汚れ、ぞっとするような悪臭を放っている。顔は赤く腫《は》れたできものだらけ。髪は伸び放題で、もつれ、からまっていた。

「金、持ってるかい？」ジミー・レーズンはたずねた。

ロイはジャケットの内ポケットに手を突っ込んで財布をとりだすと、二十ポンド札を引き抜いて渡した。いまや、心から自分を恥じていた。さすがのアガサも、こんな仕打ちをされるいわれはない。アガサのような腹立たしい女だろうが、他の誰だろうが。

「ほら、これでぼくのいったことは忘れてくれ。あれは冗談だったんだ」ロイはきびすを返すと走りだした。

翌朝、アガサはジェームズのコテージで、ジェームズのベッドの中で目覚めた。そして伸びをしながらあくびをした。ベッドの中で向きを変えると、片肘をついて婚約者をとっくりと眺めた。ところどころに灰色のものが交じる豊かな黒髪は、くしゃくしゃに乱れていた。ハンサムな顔はひきしまり日に焼けていて、またもやアガサは刺すような不安を覚えた。ジェームズ・レイシーのような男性は他の女性にふさわしいのではないかしら。旧家で生まれ育った女性、ツイードの服を着て犬を連れ、教会の催しにはケーキやジャムを手際よく作ることができる女性。こういう男性はスラム出身のアガサ・レーズン向きではないのかもしれない。

ジェームズを起こして、もう一度愛を交わしたかった。でもジェームズは決して朝は彼女を抱こうとしなかった。あの最初のまばゆいようなひとときのあとは。ジェームズの生活はきわめて秩序正しく、きちんとしていた――感情もそうだわ、とアガサは思った。

アガサはバスルームに行き、顔を洗って服を着ると、階下に行ったが、心は揺れていた。これからここに住むのだ、ジェームズの書物や、軍隊と学校時代の古い写真に囲まれて。磨き立てたカウンターを汚すパンくずひとつない殺風景なキッチンで、料理をすることになるのだろう。いえ、わたしはしないかも。いっしょに暮らすようになってから、料理はすべてジェームズが担当していた。アガサは居候《いそうろう》のような気分だった。

ジェームズの両親は亡くなっていたが、優雅な妹と株式仲介人をしている長身の夫には結婚が決まってからまた会っていた。二人はアガサを歓迎もせず拒絶もしなかったが、妹がこういっているのを立ち聞きしてしまった。「でも、まあ、ジェームズが望むなら、わたしたちには関係のないことよ。もっとひどいことになっていたかもしれないもの。頭の空っぽなあばずれを選ぶとか」

すると彼女の夫はこう応じたのだった。「頭の空っぽなあばずれのほうが、よほど理解できるよ」ほめ言葉とはとうていいえない。

アガサは隣の自分の家に戻って、安らぎを味わうことにした。中に入り、二匹の猫、ホッジとボズウェルの熱烈な歓迎を受けながら、残念そうに室内を見回した。すべての家具や小物は倉庫に預ける手配をしていた。ジェームズの整理整頓されたコテージを自分の荷物で散らかしたくなかったからだ。二匹の猫を飼うことを許してくれたせめてものお返しに。今になって、自分の物も置けるもっと大きな家を二人で買おうと提案すればよかった、と悔やまれた。ジェームズとの暮らしは、居候のような気分を味わうことになるだろう。

猫にえさをやると、裏口を開けて庭に出してやった。まばゆいばかりに晴れた日で、コッツウォルズの緑の丘の上にどこまでも空が広がり、そよ風が吹いていた。

キッチンに戻ってコーヒーを淹れ、ジェームズなら決して許してくれそうにない乱雑に置かれたがらくたをいとおしげに眺めた。そのときドアベルが鳴った。

ビル・ウォン刑事が大きな箱を抱えて戸口に立っていた。

「やっと結婚祝いのプレゼントを手に入れたんです」

「入ってちょうだい、ビル。ちょうどコーヒーを淹れたところなの」

ビルはアガサのあとからキッチンに入ってきて、箱をテーブルに置いた。

「何かしら？」アガサはたずねた。

ビルはアーモンド形の目を細めて、にっこりした。「開けてみてください」

アガサは箱の包装紙を破った。

「注意して」ビルが口をはさんだ。「壊れやすいから」

それはとても重かった。アガサはうめきながら箱から品物を持ちあげると、テープで留められた包み紙を引き裂いた。それは大きな金色と緑色の陶器でできた象だった。神経を逆なでするほどけばけばしい色で、背中に大きな穴が開いていた。

アガサは茫然としながらそれを見つめた。「この穴は何のためなの?」

「傘を立てるんですよ」ビルは得意そうに答えた。

アガサの頭にまず浮かんだのは、ジェームズはこれを見て怖気《おぞけ》をふるうだろう、ということだった。

「どうです?」ビルにたずねられていることに、はっと気づいた。

俳優のノエル・カワードがとてつもなくひどい芝居を観に行き、主演俳優にどう思ったかたずねられたときのエピソードを思いだした。カワードはこう答えたのだ。

〝ああ、きみ、とうてい言葉ではいい表せないよ〟

「こんなことをしてくれなくてよかったのよ、ビル」アガサは心をこめていった。

「とても高そうな傘立てね」

「アンティークなんです」ビルは誇らしげに説明した。「ヴィクトリア時代の。あなたには最高のものがふさわしいですから」

アガサの目にふいに涙があふれてきた。田舎に引っ越してきてまもなく二人のあいだに友情が築かれ、ビルはアガサにとって初めての友人になったのだった。

「大切にするわ」アガサはきっぱりといった。「でも、ていねいにしまっておくわね。明日、わたしの荷物を倉庫に運ぶために、引っ越し業者が来る予定なの」

「だけど、何もかも倉庫に預けたくはないでしょう？　それはぜひ新しい家に持っていってください」

アガサは気弱な笑みを見せた。「わたしったらどうかしてるわね。まともに考えられなくなっているんだわ」

ビルにコーヒーを注いだ。

「晴れの日の準備はすべて整ったんですか？」

「もう完璧よ」

彼はふいに目をすがめた。「疑いも不安もないんですね？」

ないわ、とアガサは首を振った。

「これまで一度もたずねなかったけど――あなたのご主人って、何で亡くなったんですか？」

アガサはそっぽを向き、ふきんをまっすぐに直した。「アルコール依存症よ」

「どこに埋葬されているんです？」

「ビル、あれは幸せな結婚じゃなかったし、一世紀も昔の話だし、もう忘れたいのよ。わかった？」

「わかりました。ベルが鳴ってますよ」

アガサが玄関を開けると、ミセス・ブロクスビーだった。ビルは立ちあがった。

「そろそろ失礼します、アガサ。勤務中なんです」

「何かおもしろい事件はないの？」

「あなたの好奇心をそそるような殺人事件はありませんよ、ミス・マープル。押し込み強盗ばかりです。失礼します、ミセス・ブロクスビー。あなたはアガサの花嫁付添人になるんですよね？」

「光栄なことに」ミセス・ブロクスビーは答えた。

ビルが帰ってしまうと、アガサは牧師の妻に陶器の象を見せた。「あらまあ。何十年かぶりにこういうものを見たわ」

「ジェームズはすごく嫌がるでしょうね」アガサが憂鬱《ゆううつ》そうにいった。

「ジェームズは慣れるしかないわよ。ビルはとてもいい友人だもの。わたしなら、それで植物を育てるわ。蔓《つる》みたいに這《は》う大きな葉っぱのあるものをね。そうすれば象のほとんどが隠れてしまうし、ビルは芸術的に利用してもらえて満足するわよ」

「いいアイディアね」アガサはぱっと顔を輝かせた。

「ところで、ハネムーンに北キプロスに行くんでしょ。ホテルに泊まる予定？　アルフとわたしはたしかキレニアのドーム・ホテルに泊まったのよ」

「いいえ、ヴィラを借りたの。ジェームズは以前あっちに駐屯していたので、当時いろいろな手配をしてくれていた古い知り合いに手紙を書いたのよ。その人がキレニアの郊外で、ニコシア・ロードからちょっと入ったところにある、すてきなヴィラの写真を送ってきてくれたの。きっと天国みたいな場所でしょうね」

「実をいうと、荷造りを手伝おうと思って来たの」牧師の妻はいいだした。

「ありがとう。でも、その必要はないわ。すてきな引っ越し業者を雇ったの。何もかもやってくれるのよ」

「じゃあ、コーヒーは飲まずに帰るわ。ミセス・ボグルを訪ねなくちゃならないから。リウマチが悪化したんですって」

「あの老婦人は寝たきりじゃないけど、安楽死にふさわしいんじゃないかしら」アガサは毒気たっぷりにいった。だがミセス・ブロクスビーにたしなめるような視線を向けられると、うしろめたげに赤面した。「あなただって、彼女が腹立たしい年寄りだってことは認めるはずよ」

ミセス・ブロクスビーは小さなため息をもらした。「ええ、たしかに彼女はちょっと厄介な人だわ。ねえ……アガサ、あまり強くいいたくないんだけど、あなたがうちの教会で結婚式を挙げようとしなかったので、ちょっと驚いているの」

「大騒ぎしすぎに思えたのよ、教会で結婚式なんて。それにご存じでしょうけど、わたしは敬虔《けいけん》な信徒でもないし」

「あら、とてもすてきなお式になったわよ。それに、みんな披露宴は楽しみにしているわ。わたしたち、喜んでお手伝いしたのに。わざわざお金を払ってケータリング会社に頼まなくてよかったのよ」

「ただ、大騒ぎをしたくないだけ」

「いいのよ、あなたの結婚式なんだから。そういえば、ジェームズはこれまで結婚しなかった理由を話してくれた？」

「いいえ、わたしも訊いていないし」

「ちょっと不思議だったの。ところで何か買ってくるものがあるかしら？」

「いいえ、大丈夫よ。すべてそろっていると思うわ」

ミセス・ブロクスビーが帰ってしまうと、アガサは隣の家に戻って妻らしく朝食を用意するべきだろうかと考えた。しかしジェームズはいつも自分で朝食を作った。アガサは彼を崇拝していたから、できるだけいっしょにいたかったが、彼が結婚をやめようと思うようなことを自分がしでかしてしまったり、口にしてしまったりすることを心の底から恐れていた。

翌日は天候が崩れ、雨がアガサのコテージの茅葺《かやぶ》き屋根をたたいていた。彼女は荷造りを監督するので一日じゅう忙しかった。午後遅く、家の掃除をしてくれているドリス・シンプソンが荷物が運びだされたあとのゴミを片付けにやって来た。ビルの象はキッチンのドアの陰に置かれていた。

「まあ、いかした品ですねえ」ドリスはうっとりと象を眺めながらいった。「誰のプレゼントですか？」

「ビル・ウォンよ」

「いい趣味をしていますね。それはまちがいないですよ。で、とうとうミスター・レイシーと結婚なさるんですね。あの人は筋金入りの独身男だと思われていましたけどねえ。でも、わたしはいったんです。『われらがアガサは何かがほしいとなったら、それを必ず手に入れる』って」

「これからディナーに行くの。だからあとはお願いね」アガサはいいながら、まるで自分が力ずくでジェームズに結婚を承知させた、といわんばかりの言葉に嫌な気分になっていた。

ディナーはチッピング・カムデンの新しいレストランでとった。結果、その店がすべてのエネルギーと努力を注いだのはメニューを書くことで、調理ではないことが判明した。どの料理も量が少ないうえにまずかったからだ。アガサは「パリッとしたカモ肉のブランデーとオレンジソースかけ、温かいルッコラのサラダ仕立て。熱々のポテトのソテーとみずみずしい豆、新鮮な新人参を添えて」を注文した。ジェームズは「スコットランドの緑豊かな丘陵で草を食《は》んだ極上のアンガスビーフのサーロイン、当店の菜園でとれたオーガニック栽培の野菜とともに」を頼んだ。

アガサのカモ肉は皮が硬く、肉はほんのちょっぴりしかついていなかった。ジェームズのステーキは筋だらけで、レストランの菜園でこんなに毒々しい緑色の冷凍豆がとれるとは実に驚くべきことだ、と彼は皮肉っぽくいった。

シャルドネで造られたというワインは水っぽく、すっぱかった。

「今後、外で食べるのはやめるべきかもしれない」ジェームズがむっつりといった。

「明日はわたしが何かおいしいものを作るわ」アガサはいった。

「ええっ、また電子レンジ料理かい？」

アガサは自分の皿をにらみつけた。冷凍の食べ物を電子レンジで温めて、包みを隠しておけば手作りしたと思われるはずと、愚かにもいまだに思いこんでいたのだ。

アガサはテーブル越しに、皿の上の食べ物を不機嫌そうに突いているジェームズをじっと見つめた。「わたしを愛しているの、ジェームズ？」

「きみと結婚するだろう？」

「ええ、わかってるわ、ジェームズ。でも、お互いに対する気持ちについては、一度も話しあったことがないでしょ。もっとコミュニケーションをとったほうがいいんじゃないかしら」

「またオプラ・ウィンフリーの番組を見ているんだね。その最新情報はありがたく拝聴しておくよ。ありがとう、アガサ。だがわたしは自分の気持ちについて口に出す人間じゃないし、その必要も感じていないんだ。さて勘定をすませたら、家に帰ってサンドウィッチでも食べないか？」

アガサはすっかり打ちひしがれて、食べ物の文句をいう元気もなくなった。家まで車を走らせているあいだジェームズは黙りこくっていたので、アガサは胃に氷の塊がいすわっているような気がした。彼に捨てられたらどうしよう?

しかしその晩、ジェームズはふだんどおりの控えめな情熱でアガサを求めたので、彼女はほっとした。人を変えることなんてできないんだわ。ジェームズはわたしと結婚するつもりでいる。重要なのはそれだけよ。

アガサの結婚式の日、雨雲はいつのまにか消えてしまった。日差しが水たまりを輝かせ、アガサの家の庭では雨に打たれたバラが、ふくいくたる香りを漂わせていた。ハネムーンのあいだ、ドリス・シンプソンが猫たちの面倒を見てくれることになっていた。アガサのコテージはいまや空っぽだった。象と服だけがジェームズのコテージに移された。

大切な日のためにメイクをしようとすわったアガサは、たっぷり塗っておいた新品のしわとりクリームをふきとったとき、ぞっとして自分の顔を凝視した。赤い吹き出物だらけになっていたのだ。顔が燃えるように熱かった。あわてて冷たい水で洗ったが、赤みは消えなかった。

ミセス・ブロクスビーがやって来たとき、アガサは泣きそうになっていた。

「これを見てよ！」と悲痛な声をあげた。「新しいしわとりクリームを試したの、〈インスタント若返り〉っていうクリームを。で、どうなったのか見て！」

「時間が迫っているわ」ミセス・ブロクスビーは心配そうにいった。「濃い色のファンデーションを持っていない？」

アガサは古いパンケーキ・タイプのファンデーションを見つけ、顔じゅうにぶ厚く塗った。すると顎が終わるところと首が始まるところの境に筋ができたので、首にも塗った。それからたっぷりと粉をはたいた。次にアイシャドウ、頬紅、マスカラ。仮面のような仕上がり具合に、アガサはうめいた。しかし、ミセス・ブロクスビーが窓から外をのぞいて、ミルセスターに行くためのリムジンが到着したと告げた。

人生でいちばん大切な日がこれなんだわ、とアガサはがっくりしながら思った。晴れていたが、風が強く、アガサがリムジンに乗りこもうとしたときに帽子が吹き飛ばされた。帽子はライラック・レーンをころがっていき、ぬかるんだ水たまりにポチャンと落ちた。

「まあ大変」ミセス・ブロクスビーがいった。「別の帽子を持っている？」

「帽子なしでいいわ」アガサはふいにわきあがった涙をこらえながらいった。なんだか、すべてがまずいほうに行っているような気がしてきた。必死で泣くまいとした。涙は仮面のようなメイクに溝をつくってしまうだろう。

ミルセスターへの道中、ミセス・ブロクスビーは会話をすることをあきらめた。もうすぐ花嫁になるアガサはいつになく無口だったのだ。

しかし登記所に近づき、ジェームズが入り口に立って妹やビル・ウォンとしゃべっているのが見えると、アガサの気分は上向きになってきた。ロイ・シルバーも来ていた。アガサの結婚をぶち壊すようなことは何もしなかったので、というか、そう彼は思いこんでいたので、もう良心がとがめることもなかった。今現在ジミー・レーズンは死んでいないにしても、もうじきそうなるだろう。アガサが結婚することになっていて、現在はカースリーに住んでいるとジミーの前で口を滑らせたかもしれない。しかしジミーは酒浸りでぼうっとしていたから、こちらのいったことなど、ひとことも耳に入っていないにちがいない。ロイはそう思っていた。

というわけで、全員がどやどやと登記所に入っていった。ジェームズの親戚たちと、アガサ側の列席者はカースリー婦人会のメンバーたちだ。

ミセス・ブロクスビーが花屋の箱からコサージュをとりだし、アガサの白いスーツのえりに留めた。ファンデーションが白いスーツのえりを汚しているのに気づいたが、指摘しないでおくことにした。ただでさえ、アガサは外見のことでかなり滅入った気分になっているのだから。

カースリー村の警官フレッド・グリッグズは、珍しいことに、パトカーで村を巡回するよりも、徒歩で見回るほうを好んでいた。北側の道からうさんくさい様子の見知らぬ男が入ってきたので、フレッドは疑いのまなざしを向けた。

「何という名前だ？　ここにはどういう用があるんだ？」フレッドは問いただした。

「ジミー・レーズン」見知らぬ男はいった。

ジミーは何週間ぶりかでしらふだった。救世軍のホステルで風呂に入り、髭《ひげ》を剃《そ》った。それからコッツウォルズにバスで行けるだけの金をせびって手に入れた。救世軍ではちゃんとしたスーツと靴まで恵んでくれた。

「ミセス・レーズンの親戚なのかい？」フレッドはたずねた。その肉付きのいい顔には愛想のいい笑みが浮かんでいた。

「おれは彼女の亭主だ」ジミーはいった。静かな村、手入れの行き届いた家々を眺め、満足そうに小さなため息をもらした。妻を捜そうとした唯一の理由は、死ぬまで静かに酒を飲める居心地のいい家を見つけたかったからだ。

「まさか」フレッドはいった。微笑が顔からかき消えた。「ここのミセス・レーズンは、今日結婚することになっているんだから」

ジミーはポケットから小さくたたまれた薄汚れた紙片をとりだした。それは結婚証明書で、なぜか何年も持っていたのだった。それを無言で巡査に手渡した。

びっくり仰天して、フレッドは叫んだ。

「結婚式を中止させなくちゃ。なんてこった！　ここで待ってろ。車をとってくる」

登記係はジェームズとアガサを夫と妻と呼ぶところまで行き着かなかった。部屋の後ろで騒ぎが起き、「中止しろ！」と叫ぶ声が聞こえたからだ。

アガサはゆっくりと振り返った。フレッド・グリッグズはすぐにわかったが、その隣にアガサのまったく知らない男がいた。何年も前、アガサが家を出てきたとき、ジミーは酔っ払っていたが、それでもふさふさした黒い巻き毛のハンサムな男だった。フレッドがいっしょにいる男は脂《あぶら》じみた灰色の髪をして、鼻が腫れて顔はむくみ、やせた肩は丸まっていた。それどころか、あまりにも弱々しい姿だったので、ズボンのウエストからはみでている腹の重さを支えられそうになかった。

フレッドはすたすたとアガサに近づいていった。最初はアガサをわきにひっぱっていき、その知らせを如才なく伝えるつもりだった。しかしアガサの仮面のように白く塗りたくった顔が恐怖にゆがんでいるのを目にして神経を逆なでされ、フレッドはつい全員の前で報告してしまった。

「あなたのご主人が来てますよ、アガサ。こちらはジミー・レーズンです」

アガサは困惑したようにあたりを見回した。

「彼は死んだのよ。ジミーは死んだの。フレッドったら何をいってるのかしら？」

「おれだよ、アガサ、おまえの夫だ」ジミーは結婚証明書を彼女の顔の前で振った。

アガサは隣にいるジェームズ・レイシーがショックで体をこわばらせるのを感じた。

改めてジミー・レーズンを見つめ、歳月による衰えの下に、かつて知っていた夫のかすかな面影を見てとった。

「どうやってわたしを見つけたの？」アガサは力なくたずねた。

ジミーはさっと向きを変えた。「彼だ」親指をロイの方に向けた。「おれのねぐらに現れたんだ」

ロイは恐怖の悲鳴をあげると、脱兎《だっと》のごとく逃げだした。

ひょろっとしたジェームズの叔母の一人が、大きなよく通る声ではっきりといった。

「まったくもうジェームズったら、ずっと結婚を避けていたというのに、こんな騒ぎに巻きこまれるなんて！」

そのとたんアガサはプッンと切れた。クマのような小さな目に心からの憎悪をこめてジミーをにらんだ。「殺してやる、このろくでなし」彼女はわめいた。

アガサは両手をジミーの首に回そうとしたが、ビル・ウォンが引き離した。

ジェームズ・レイシーの声が、客や親戚たちの動揺した叫び声を制するように響いた。彼は口をポカンと開けて立っていた登記係にいった。

「われわれを別室に連れていってください」片手をアガサの腕にかけると、せきたてるようにして登記係のあとについて歩きはじめた。ビル・ウォンがジミー・レイシーを連れてあとに続いた。

アガサたちがほこりっぽい控え室にすわると、ジェームズが疲れた声でいった。

「もちろん結婚の手続きを進めることはできない」

「もちろんです」ビルが同意した。「アガサが離婚するまではね」

「アガサが望むなら離婚すればいい」ジェームズが荒々しくいった。「しかし、だからといって、わたしと結婚することにはならない。きみはわたしに嘘をついたんだ、アガサ。わたしの面目をつぶした。絶対にきみを許さないよ。絶対に！」

ジェームズはビルの方を向いた。「この騒ぎを解決してください。わたしは失礼する。もうここに用はありませんから」

「あなたを失うのが怖かったの」アガサが泣き声で訴えた。しかし、ジェームズが出ていったドアが閉まるバタンという音しか返ってこなかった。

「まだ、おれがいるじゃないか」ジミーがからかった。

「おまえには彼女にどうこういう権利はない」ビル・ウォンがいった。「弁護士を雇って、ご主人が近づかないように接近禁止命令を出してもらったほうがいいですよ、アガサ」

「これまで一人でよくやってきたな、アギー。おれに帰ってほしいなら、金をくれないかな」

アガサはグッチのハンドバッグの留め金を開けると、財布からひとつかみの札をとりだし、彼に押しつけた。「わたしの目の前から消えてちょうだい！」

ジミーはにやっと笑うと、金をポケットにねじこんだ。

「じゃ、お別れのキスをしてくれよ」

ビルがジミーをドアまでひきずっていき、外に押しだすと、アガサのところに戻ってきた。

「あの、刑事さん」登記係がいった。「彼を証人として連れ戻すべきじゃないですかね。ミセス・レーズンは重婚を犯そうとしたことで告発されるべきだと思います」

「誤解が生じたんですよ」ビルはいった。「一年前、ミセス・レーズンはロンドンの古い友人から、ジミーが死んだという手紙をもらったんです。ぼくはその場に居合わせました。そうでしたよね、アガサ？」

悲嘆に暮れていても、アガサは自分に投げられた命綱に気づくぐらいの分別はあったので、むっつりとうなずいた。

「ですから、重婚の意図はなかったんです」ビルはいった。「ミセス・レーズンはひどいショックを受けています。全員が家に帰ったほうがいいと思います」

「まあ、あなたはミルセスターの警察で尊敬されている刑事さんですから、これについては不問にしましょう」登記係はいった。


アガサは自宅に帰ってきた。家にはビルの陶器の象と、衣類を詰めたスーツケース数個しかなかった。ジェームズはアガサのコテージの鍵を持っていたから、彼女の荷物を残らず自分のコテージから運んできて、ここに置いていったにちがいない。村のホールにいる人々には結婚披露宴の代わりにパーティーでもしてほしいと、ミセス・ブロクスビーに伝言してきた。引っ越し会社にも電話して、倉庫から家具や小物を運んでくるようにいった。引っ越し業者は今日じゅうには無理だと答えたが、アガサは口汚く罵倒したうえ、気前のいい割増金をちらつかせて、できるだけ早く荷物を運んでくることを強引に了承させた。

がらんとしたキッチンの床にすわって陶器の象を抱きしめていると、ついにこらえていた涙があふれだし、ぶ厚いメイクに溝をこしらえた。いつのまにか天気が崩れ、雨が茅葺き屋根から滴りおちているのがぼんやりと感じられた。猫たちは二匹並んで、興味深げに彼女を見つめていた。

ドアベルが鳴った。アガサは出ていきたくなかったが、牧師の妻が心配そうに叫んでいるのが聞こえてきた。「大丈夫、アガサ？　ねえ、アガサ？」

ハンカチをとりだして顔をごしごしふくと、玄関に行ってドアを開けた。

「ジェームズはどこ？」アガサはたずねた。

「行っちゃったわ。車がなくなっているし、家の鍵はフレッド・グリッグズに預けていったみたい」

「どこに行ったの？」

「海外に行くようなことをフレッドにいったそうよ。いつ帰ってくるかわからないって」

「まあ、ひどい」アガサはいった。その声はしゃがれ、すすり泣きになった。「あいつを殺してやりたいわ」

「ジェームズを？」

「ううん、ジミー・レーズンよ。あの酔っ払いのろくでなし。わたしの人生初の手柄は、彼を捨てたことだわ」

「わたしがあなただったら、むしろロイ・シルバーのほうを殺してやりたいと思うでしょうね」ミセス・ブロクスビーは憤懣《ふんまん》やるかたないようだった。「だけど、ちょっと考えてみて。こういうことが結婚したあとにわかったら、もっと悲惨なことになっていたわよ」

「どうかしら」アガサは打ちひしがれていった。「そのときには、ジェームズもわたしを愛するようになっていて、味方になってくれたかもしれないわ」

ミセス・ブロクスビーは黙りこんだ。アガサの行動はまちがっていたと思ったが、その動機はいやというほど理解できた。それにジェームズ・レイシーはアガサの支えになるべきだった。中年の独身男というのは、とかく扱いづらいものだ。気の毒なアガサ。

ミセス・ブロクスビーとアガサは象と並んで床にすわりこんだ。ふたたびドアベルが鳴った。

「誰だか知らないけど、帰ってもらって」アガサはいった。

ミセス・ブロクスビーは立ちあがった。声をひそめたやりとりと、それに続いてドアの閉まる音が聞こえた。ミセス・ブロクスビーは戻ってきた。「アルフだったわ」夫の牧師が来たのだった。「主人は精神的慰めを与えたいといって来たんだけど、今はその時期じゃないからと断ったわ。これからどうするつもりなの？」

「わからないわ」アガサは疲れた声でいった。「このコテージを売りに出すのをやめて、荷物をまた戻したら、もう一度村の人たちに顔向けできるようになるまで、どこかに行こうかしら」

「逃げる必要なんてないのよ、アガサ。あなたの友人はみんなここにいるんだから」

「そんなふうにいわれると、また涙が出ちゃう。でも、しばらく一人でいたい気がするの。訪ねてくるのは遠慮してって、みんなに伝えてもらえるかしら？」

ミセス・ブロクスビーはすばやくアガサを抱きしめると、帰っていった。アガサは象と並んで床にすわり、宙を見つめた。三時間後、引っ越し会社が到着すると、アガサは立ちあがって作業員を中に入れた。多額の小切手にサインして、作業員にたっぷりチップをはずむと、モートン・イン・マーシュ郊外のフォス街道沿いにある終夜営業のガソリンスタンドまで行き、食料品を少し買った。

モートンの〈スレッシャーズ〉に寄って何かお酒を買い、酔っ払おうかと思案した。しかし、悲嘆と感情の昂《たか》ぶりのせいで、ふいにどっと疲れを覚え、まっすぐ家に戻り、お風呂に入るとベッドにもぐりこんだ。そして悪夢に苛まれる眠りについた。

アガサは朝の五時に目が覚めた。もう眠りは戻ってこないだろう。オペラ『ラディゴア』で、おぞましい一夜が明けてほっとしている登場人物のような気分だった。長い散歩に出かけることにした。歩き疲れて帰ってきたら、もう一度ベッドにもぐりこんで眠ろう。落ちこんだ気分も少しは上向きになるんじゃないかしら。

夜明けの弱々しい灰色の光の下で、カースリーの村はひっそりと静まり返っていた。雨はすでに止んでいて、空気は冷たかった。村にはメインストリートが一本走り、そこから曲がりくねった小道がいくつか延びている。アガサの住むライラック・レーンもそのひとつだ。走っている車が一台もないと、村は一世紀前と同じたたずまいだった。ノルマン様式の教会の四角い塔がそびえ、茅葺き屋根のコテージが寄り添うように立ち並んでいる。アガサは歩を速め、丘をぐんぐん上っていった。ジェームズ・レイシーのことも、彼が今頃何をしているかにも、思いをはせる余裕はまだなかった。あえて彼のことは頭から締めだしていた。歩くにつれ、少しずつ惨めさや悲嘆から遠ざかっていくような気がした。

しかし悪夢はまだ終わっていなかった。道の先に、ジミー・レーズンが現れたのだ。ぐでんぐでんに酔っ払って千鳥足で歩きながら、なにやら独り言をつぶやいている。ポケットからは高価なモルトウィスキーのびんが突きでていた。

アガサはきびすを返し、逃げるように丘を下りはじめた。ジミーはおぼつかない足どりで、ふらつきながら追いかけてきた。

「おおい、アギー」彼は怒鳴った。「おれはおまえの亭主だぞ」

アガサはぴたりと足を止めると、振り返った。怒りのあまり、目の前に赤いもやがかかっているような気がした。農場で働くハリー・サイムスがトラクターで丘を上ってくるのも、目に入らなかった。

ジミーが追いついてくると、アガサはその顔を思い切りひっぱたいた。ダイヤの婚約指輪でジミーの唇が切れるほどの勢いだった。それからありったけの力をこめて、溝に突き落とした。

腰に両手をあてがって、アガサはジミーを見下ろした。「死んじまえ！」息荒く叫んだ。そして丘を駆けおりていった。

一時間後、警察がアガサの戸口に現れた。彼女にはジミー・レーズン殺害の容疑がかかっていた。

2

警察はアガサのあとからリビングに入ってきた。ウィルクス警部、ビル・ウォン部長刑事、それにマディ・ハード巡査。

アガサはビルがいたので、ほっとしていた。ウィルクスとは面識があったが、マディ・ハードとは初対面だった。冷たい灰色の目をした、いささかきつい顔つきの若い女性だ。

「署までご同行願わなくてはなりません」ウィルクスが容疑を読みあげたあとでいった。

アガサはようやくの思いで言葉を口にした。

「ジミーが死ぬはずないわ。顔をひっぱたいて、溝に突き落としただけだもの。ああ、まさか、頭を何かにぶつけて首を折ったの？」

ウィルクスの黒い目に驚きの色がよぎったが、こういった。

「署に行って、じっくりお話をうかがいましょう」

ふいにアガサはジェームズ・レイシーにこの場にいてほしかった、と心から思った。まだ彼を愛していたせいではない。ジェームズならいつもの分別を発揮して、冷静にこのできごとに対処してくれただろうから。これほど孤独が身にしみたことはなかった。

「行きましょう、アガサ」ビルが声をかけた。

「ウォン部長刑事は、この事件を担当するべきじゃないと思います。どう見ても容疑者の友人のようですから」マディ・ハードが口をはさんだ。アガサは憎々しげに彼女をにらみつけてやった。

「その件はあとで」ウィルクスがぴしゃりといった。

アガサのコテージの外には、村人たちの小さな輪ができていた。これほど恥さらしなことってあるかしら、とアガサはげっそりしながら思った。まず重婚未遂、次に殺人容疑だなんて。

ミルセスターの警察署に着くと、アガサは取調室に通された。テープレコーダーのスイッチが入れられ、ウィルクスが質問を開始した。ビル・ウォンは姿を消し、別の刑事が立ちあった。

アガサは必死に記憶をたどりながら、眠れなかったので早朝に散歩に行ったことを説明した――ジミーが近づいてくるのが見えました。酔っ払っていたわ。わたしを追いかけてきたので、ついかっとなって平手打ちしてしまいました。彼を溝に突き落として、怒鳴りつけました。ええ、死んでくれたらいいのにとかなんとか、叫んだかもしれません。彼が頭をぶつけたのなら申し訳なく思いますけど、殺すつもりはありませんでした。

アガサにとっては単純明快な話に思えたが、彼らは同じ話を行きつ戻りつ、何度も繰り返させた。いくらか勇気をとり戻したアガサが弁護士を要求すると、留置場に入れられ、弁護士の到着を待つことになった。

その弁護士は、すべてをジェームズ・レイシーに遺すという遺言書を作成するため、数カ月前に依頼したミスター・タイムズという紳士だった。豊かな灰色の髪に金縁の眼鏡、チャコールグレーのスーツで、いかにも旧家の顧問弁護士らしく見えた。遺言書作成のときは、伯父さんのようにやさしく親切にしてくれた。しかし今はアガサ・レーズンといっしょに取調室にいないですむなら、この広い世界のどこであろうと飛んでいく、といわんばかりの腰の引けた態度だった。

尋問が再開された。「これ以上、何を話せっていうの？」アガサはふいにかんしゃくを起こして叫んだ。「揚げ足をとって、何か別のことをいわせようとしてもむだよ。わたしは本当のことをしゃべっているんだから。まぎれもない真実だけをね」

「どうか落ち着いてください」弁護士のミスター・タイムズがたしなめた。

「ちょっと」アガサはかみついた。「あんたときたら、ここに来てからまったくの役立たずで、わたしがマクベス夫人か何かみたいに、うさんくさそうな目つきで見てるだけじゃないの」

ドアがノックされた。ウィルクスが不機嫌にいった。「入れ」ビル・ウォンがドアからのぞきこんだ。「ちょっとお話ししたいことが、警部。大至急です」

ウィルクスはテープを止めて、外に出ていった。

部屋の中では、荒々しい怒りがどこかに消えてしまったアガサが、いまや気弱になり震えていた。すべてが彼女にとって不利だった。登記所にいた全員の面前でジミーにつかみかかろうとしたし、今朝、彼に暴力をふるったところをハリー・サイムスに目撃されてしまった。事故じゃなかったと証明されたらどうしよう。誰が犯人なのか、わたしには調べる自由すらない。だけど、他に容疑者がいる？　ふだんはウォータールー橋の下の段ボール箱で寝起きしている酔っ払いを殺したがる人間なんているかしら？　このアガサ・レーズンだけだわ。

ウィルクスが憮然とした顔つきで部屋に戻ってきた。もう一度すわったが、テープレコーダーのスイッチは入れなかった。

「ジェームズ・レイシーはどこですか？」ウィルクスはたずねた。

「知りません。どうして？」とアガサ。

「どこに行くか、あなたにいわなかったんですか？」

「ええ。だけど、なぜ？」

「証拠不十分で、あなたに対する嫌疑をとりさげます、ミセス・レーズン。ただし、国外には出ないでいただきたい」

「何があったの？」アガサは立ちあがりながら問いつめた。「それにどうしてジェームズを捜しているの？」

ウィルクスは目の前の書類をそろえた。「もうけっこうです、ミセス・レーズン」

「まったく、どいつもこいつも頭に来るわね」アガサはまたも怒りがこみあげてきた。部屋を出ていくアガサを弁護士が追ってきた。

「もしまた弁護士が必要なときは……」ミスター・タイムズがいいかけた。

「そのときは自分でまともな弁護士を探すわ」アガサは吐き捨てるようにいうと、警察署を大股で出ていった。警察は家に帰る車すら手配してくれなかった。どういうつもりなの？　家まで歩けってこと？

「一杯やる必要があるみたいですね？」耳元で声がした。さっと振り向くと、ビル・ウォンが立っていた。「さあさあ、アガサ」彼はせかした。「あまり時間がないんです」

二人は修道院の陰になっている広場を突っ切り、〈ジョージ〉というパブに入っていった。ビルはアガサにジントニックを、自分には半パイントのビターを注文した。二人は隅のテーブルに腰をおろした。

「実はこういう事情なんです」ビルが早口にしゃべりだした。「ジミー・レーズンは男性用のシルクネクタイで絞殺されたという証拠が、予備検死で発見されたんです。ネクタイは道の少し先の畑に捨てられていました。それに、あなたのもの以外の足跡が死体のそばから発見されました。男性のものと思われる足跡です。というわけで、われわれはジェームズ・レイシーを追っているんです」

「なんですって！」アガサはビルをにらみつけた。「ジミーが絞め殺されたことを知っていたのに、わたしのせいで頭を石か何かにぶつけたというふりをしていたのね。警察を訴えてやる。それにジェームズの件はどういうことなの？　ジェームズがわたしの夫を殺したですって？　あのジェームズが？　いいこと、わたしの元婚約者にとっては、この一連のできごとはあまりにも低俗で不快きわまりなかった。だから、あの人は今、わたしとのあいだにできる限り距離を置くことしか考えていないでしょうよ。彼がジミーを殺そうとして村をうろついているなんてありえない。そんな真似をするには怒りと情熱が不可欠だもの。人を殺すほどの怒りと情熱を抱くには、わたしを愛していなくちゃならないのよ！」

「何いってるんですか、アガサ。あの人はひどいショックを受けたんですよ」

「わたしを愛しているなら、そばにいてくれたはずよ。それに今、わたしが彼に対してどう感じているかわかる？　なんにもよ。もうどうでもいいの」

「あなたはまだショック状態にあるんですよ。さもなければ、あなたこそ、彼をそれほど愛していなかったか」

「愛についてあなたに何がわかるっていうの？　なによ、青二才のくせに」ビルは二十代だった。

「あなたが思っている以上にわかってますよ」ビルは悲しげにいった。「ぼくも恋をしているんです」

「へえ、そうなの？」アガサは一瞬、自分の問題を忘れた。「で、相手は誰なの？」

「マディ・ハードです」

「あのとんがり顔の女ね」

「ちょっと、そんなふうにいわなくてもいいでしょ、アガサ。マディは快活で頭がよくて……それに……たぶん、ぼくに気があるんじゃないかと思います」

「あら、そう、蓼《たで》食う虫も好き好きって、陰口たたかれてるんじゃない？　ま、人の好みはそれぞれだから。だけど、ジェームズがやったと警察が思ってるなら、時間をむだにしているわ。ねえ、ハリー・サイムスはわたしを目撃したんでしょ。あのあたりに、他にも誰かいたって話してなかった？」

ビルは首を振った。「そろそろ戻らなくては。何かわかったら家にうかがいますよ」

アガサはビルにカースリーまで車で送ってもらおうかと思った。でも朝っぱらからこんな仕打ちをされて警察にはもううんざりだったので、広場で客待ちをしているタクシーを拾って帰ることにした。

ビルが警察署に戻ると、マディが待ちかまえていた。

「レイシーについて何か聞きだせた？」マディがさっそく訊いてきた。

ビルはアガサのいったことを伝えたが、うしろめたくてならなかった。というのも、マディにアガサを探るようにと指示されて送りだされたからだ。

「彼女はあなたを信用しているわ」マディはいった。「目を離さないでね」

「今夜は何か予定があるの？」ビルは意気込んでたずねた。「よかったら映画でもと思ったんだけど」

「今夜はだめよ、ビル。仕事がどっさりあるから。それにレイシーが連行されてきたときに、署にいたくないの？」

「そりゃそうだ」ビルはいいながら、映画館の後方の席でマディの肩に腕を回しているロマンチックな想像を頭から追い払った。

ひとつだけいいことがあるわ、とアガサはコテージの外でタクシーの料金を払いながら、苦々しげに思った――これだけいろいろあったから、さすがに今日はもうこれ以上何も起こらないでしょうよ。しかしその予想は、振り向いて、ツイードの服を着た大柄な女性が門のわきに立っているのを見るまでのことだった。

「わたしをお忘れになったのかしら、ミセス・レーズン？」女性はたずねた。「ミセス・ハーディです。あなたからこのコテージを購入しましたでしょ。それで、まだあなたの荷物があるのでびっくりしているところです」

「契約書や何かにサインしたのは承知していますけど、売りに出すのはやめたって、不動産会社に知らせましたよ」アガサは必死になって主張した。

「もうお金をお支払いしたでしょ。このコテージはわたしのものです！」

「ミセス・ハーディ、どうにか和解できないかしら？　あなたから買い戻します。そうすれば、あなたは利益を得られるわ」

「いいえ、この家はわたしにぴったりなんです。明日の夜、引っ越してくるつもりです。それまでに荷物をすべて運びだしておいてください。さもなければ訴えますよ」

アガサは彼女を押しのけるようにして門を入っていき、玄関の鍵を開けて家に入ると、悄然としながらキッチンに向かった。これまでビジネスセンスを売りにしていたのに、わたしったら、いったいどうしちゃったのかしら？　不動産会社に家を売るのをやめたと伝えれば、あとはただ売却金をミセス・ハーディに返せばいいだけだと考えるなんて。

時計を見た。また引っ越し会社に電話して、翌朝、荷物を倉庫に運んでほしいと依頼した。それから〈レッド・ライオン〉に行った。しばしば休暇の客に部屋を貸していることを知っていたからだ。しかし店主のジョン・フレッチャーは空いている部屋はないと歯切れ悪く答え、アガサと目をあわせようとはしなかった。パブの客はみんながみんな、彼女と話したくないようだった。

アガサはカウンターの飲み物にも手をつけずに外に出た。カースリーにはもはや何ひとつ残っていなかった。こうなったら猫たちといっしょにロンドンという匿名社会に戻り、死を待つしかない。ずたずたになった心を、それ以上に陰気な物思いで慰めながら、アガサはライラック・レーンに曲がりこんだ。とたんに心臓がドキドキしはじめた。

ジェームズ・レイシーがコテージの外で車から降りてくるところだった。トランクに回ってロックを開け、ふたつの大きなスーツケースをとりだしている。そのとき、見られていることに気づいたかのように、ジェームズの肩がこわばった。彼はスーツケースをおろして、振り返った。

アガサは慎重にジェームズに近づいていった。彼女の顔の吹き出物は消えていて、顔色が不自然なほど白く、目の下には濃い紫色の隅ができていた。

「どこかで警察と会った？」アガサはたずねた。

「まだ遠くに行っていなかったんだ。ミルセスターのウォルド・ホテルに泊まって、オックスフォードにたどり着かないうちにパトカーに停止させられた。勾留はされなかったよ。殺人の起きた時刻にわたしがカースリーから遠いところにいたことを、たくさんの人間が証言したからね。ミセス・ブロクスビーは大丈夫かな？」

「だと思うけど。どうして？」アガサは驚いてたずねた。

「うん、彼女が死体を発見したんだ」

「なんですって？」

「聞いてなかったのかい？」

「ひとことも聞いてないわ。警察はわたしに殺人の容疑をかけて、同じ質問を何度も何度もした。だけど、あいつがどんなふうに殺されたかとか、誰が発見したかについては、まったく教えてくれなかったの。警察のろくでなしどもは、すべてわたしのせいで、突き飛ばされてあいつが首の骨を折ったと信じこませていたのよ。しばらくしてようやく、ジミーは男性用のネクタイで絞殺されてたし、死体の近くには男性のものと思われる足跡が見つかったから嫌疑をとりさげる、といわれたの」

沈黙が続いた。しばらくしてジェームズがたずねた。「マスコミにはうるさくつきまとわれているかい？」

「奇跡的に何も」

「明日には、マスコミが村じゅうをうろうろしているんじゃないかな」

「どうでもいいわ」アガサはため息をついた。「わたしはここを出ていかなくちゃならないから。コテージをミセス・ハーディに売ったでしょ。馬鹿よねえ、わたしったら、売却をキャンセルできると思ってたの。だけど、彼女が明日引っ越してくるから出ていくわ。部屋を借りられないかと思って〈レッド・ライオン〉に行ってみたけど、村ではいまだにわたしが第一容疑者みたいね。ジョン・フレッチャーったら、部屋は空いてないっていうのよ。まともに目をあわせようともしなかった。他の人もみんな同じだったわ」

「だけど、アガサ、きみはハーディっていう女性について話してくれただろう。あまり好きになれないが、いい値段をつけてくれたって。そんな相手の気が変わるなんて期待できっこない。それぐらい、わかりそうなものじゃないか」

「登記所で恥をかいて、殺人の容疑者にされることなんて、毎日あるわけじゃないから。まともにものが考えられなくなっているのね。とにかく逃げだしたいの、あなたからも、みんなからも」

ジェームズはスーツケースを手にとったが、また下におろした。

「それは解決にならないと思うな、アガサ」

「じゃあ、何が解決になるの？」

「わたしたちは二人とも、ここにとどまりたいんじゃないかな？」

アガサは首を振った。

「きみは好きなようにすればいい。だが、きみのご主人を殺した犯人を見つけだすまでは、たとえ反証がどっさりあっても、わたしたち二人に殺人容疑がかけられたままだろう」

「もう何が何だかわからなくて」アガサは惨めそうにいった。「わたしの荷物をここからすべて運びだして倉庫に預けなくちゃならないし、それから、どこに住むかも考えなくてはならないのよ」

「よかったら、うちの空いている部屋に越してきてもかまわないよ」

「なんですって？　わたしの顔なんて金輪際見たくないんだと思ってたわ」

「状況が少し変わったんだ。あまりにも腹が立っているので、きみと結婚することは二度と考えられないかもしれない、アガサ。しかし、わたしたちが過去に協力しあっていい仕事をしたのは揺るぎない事実だし、この事件もいっしょに解決できるかもしれないよ」

啞然として、アガサはジェームズを見つめた。「わたし、本当のあなたを知らなかったみたいね」

アガサに対する気持ちが少しでもジェームズに残っているなら、こんなふうに実際的な理由で引っ越してくるように提案しないだろう。徹底的に拒絶され、はねつけられたほうが、まだしも思いやりがあるというものだ。

しかし、自分はもうジェームズに愛を抱いていなかったので、彼の提案はきわめて現実的な解決策だった。

「いいわ。ありがとう。これからミセス・ブロクスビーを訪ねてみようかと思うの。きっとひどい気分でいるでしょうから」

「いい考えだ。この荷物を家に入れるまで、ちょっと待っていて。わたしもいっしょに行くよ」

黄昏《たそがれ》の中を二人で歩きながら、自尊心についてたわごとを書いている女性誌も、やっぱり少しは役に立つのかもしれないとアガサは思った。アガサはかつて情熱をわかちあった男性と並んで歩きながら、彼が道路の穴ぼこについて文句をいうのに耳を傾け、次の教区の会合に二人で出席して、それについて抗議しましょうと提案している。最近読んだ雑誌では、自尊心の低い女性は愛情もやさしさも返してくれない男性を愛してしまうことが多いと書かれていた。

「わたし、自尊心が低いと思う？」アガサは路面の穴についての演説をさえぎって、唐突にジェームズにたずねた。

「何だって？」

「自分が鯨《くじら》の糞ほどの価値もない気がするの」

「重婚をしようとして、それが露見し、さらに夫の殺人容疑をかけられていることがわかったせいで、惨めに感じているんだと思うよ。最近は心理学用語をやたらと使ったわけのわからない言葉があふれ返っている。それが芝居がかった行動につながってるんだよ」

「あなた、女性に殴られたことある、ジェームズ？」

「そんなことは考えることさえやめておくんだな、アガサ」

ミセス・ブロクスビーは牧師館の玄関ドアを開け、二人を見て驚いたようにまばたきした。

「二人おそろいで？　すてきだわ。入ってちょうだい。恐ろしいことだったわね」

二人は彼女のあとから牧師館のリビングに入っていった。その部屋はいつものように、平和な雰囲気で包みこんでくれた。牧師はアガサを見るなり読んでいた新聞を置き、書かなくてはならない説教の原稿があるとかなんとかつぶやくと書斎に退散した。

「すわってちょうだい」ミセス・ブロクスビーがいった。「お茶を用意するわ」

彼女はいつもレディらしく見えるわ、とアガサはうらやましく思った。あの古ぼけたリバティのドレスでも、メイクをまったくしていなくても、彼女はレディのように見える。

ジェームズは居心地のいい革張りの肘掛け椅子に背中を預けて目を閉じた。アガサはそんな姿を眺めながら、中止になった結婚と悲惨な殺人について、この人はどう感じているのだろう、と思った。そのことがずっと気になっていた。ジェームズは疲れた様子で老けて見えた。口の両脇のしわがいつもより深くなっている。

ミセス・ブロクスビーはお茶のトレイを運んできた。「おいしいフルーツケーキがあるのよ。ミルセスター婦人会からのプレゼント。それにハムサンドウィッチも。お二人とも食事をする時間がなかったんじゃないかしら」

ジェームズは目を開けると、げっそりしたようにいった。「二人とも今回の殺人の容疑をかけられていたんです。長い一日でした。ですから、ええ、喜んでサンドウィッチをいただきます。アガサによれば、われわれは村で殺人の容疑者として見られているらしいのです」

「本当なの、アガサ？」ミセス・ブロクスビーがたずねた。

アガサは〈レッド・ライオン〉で部屋を借りようとしたときのいきさつを話した。

「まあ、なんてひどい。うちに住んでもらってもいいのよ。よかったら……」

戸口から警告の咳払いが聞こえた。牧師がまったくキリスト教徒らしくないぎらついた目でそこに立っていた。

「それは必要なさそうです」ジェームズがあわてていった。「アガサはうちに越してくることになっているんです」

「何かいいたいことでもあったの、アル？」ミセス・ブロクスビーが夫にたずねた。

「ええと……別に」牧師はいうと、また姿を消した。

「あなたは死体を発見されたんですよね？」ジェームズがたずねた。「あまりつらくなければ、そのときのことを話していただけますか？」

「あのときはショックだったわ。彼だということが最初のうちはわからなかった」ミセス・ブロクスビーは薄手の磁器のカップにお茶を注ぎながらいった。「魂が抜けてしまうと、亡くなった人はまったくちがって見えるから。それに絞殺されていたので、顔が安らかじゃなくて。散歩に出かけたんです、あなたのことが心配だったのよ、アガサ。それで眠れなかったの」

アガサはふいに涙腺がゆるんで目に涙があふれた。自分のことを心配して誰かが眠れなくなるなんて、これまで経験したことがなかった。

「最初は溝に古着が落ちているのかと思ったわ。だけどよく見たら、人だってわかった。脈をとったけど何も感じなかったので、いちばん近いコテージに駆けていって警察に電話したの」

「あたりに誰かいなかった？」アガサは質問した。

「いいえ、あなたが家に着いたあとに事件が起きたにちがいないわ、アガサ。さもなければ途中であなたに会っていたか、彼を殺した人を見かけていたはずよ。もちろん、殺人者が畑を突っ切った可能性もあるわね」

「誰がやったのか、自分の手で見つけださなくちゃならないのよ」アガサはいった。

「まあ、それでなくてもすでに大変な思いをしているじゃないの。警察に任せておいたら？」

「誰がやったのかを知りたいんです」ジェームズもいった。「それと、ずっと考えていたんですが——結婚祝いのしきたりはどうなんでしょう？　お返ししようかと思っているんですが」

「わたしならいただいておくわ」牧師の妻はいった。「そうすれば、本当に結婚したときに、みんな何をあげようか悩まなくてすむでしょ」

「われわれは結婚するつもりはないんです」ジェームズが感情のこもらない声でいった。

重苦しい沈黙が広がった。やがてミセス・ブロクスビーが明るく問いかけた。

「お茶のお代わりはいかが？」

ロイ・シルバーは眠れない夜を過ごした。いつになく良心がやけにとがめ、実際に胸が痛いほどだった。アガサの夫が殺されるという刺激的な事件も加わり、中止された結婚式の記事がどの新聞にもでかでかと書き立てられていた。しかもやり手の記者は、彼、ロイ・シルバーこそ、妻が別の人と結婚しようとしている企てをジミー・レーズンに警告した張本人だということを突き止めていた。オフィスに着くなり、ロイは探偵のアイリス・ハリスに電話して、できるだけ早く来てくれと頼んだ。

彼女が到着するまで、ロイはじりじりしながら待っていた。ミズ・ハリスは新聞記事を読んでいたので、ジミー・レーズンについてもっと調べてほしいというロイの要求に冷静に耳を傾けた。アガサが殺していないなら、誰かが殺したわけで、その何者かはジミーのロンドンでの暮らしと関係があるかもしれなかった。長年ずっと安酒を飲み続けて橋の下で暮らしていたなら、今まで生きていられたはずがない。

アイリス・ハリスがまた仕事をすることを承知して帰っていくと、ようやくロイは落ち着きをとり戻した。

翌週、アガサとジェームズはほとんど家にこもって過ごしていた。せいぜい夜になってディナーに行くぐらいだった。昼間はマスコミがジェームズのコテージに詰めかけていた。二人の関係や、今回の件について話しあうのが当然だとアガサは思ったが、ジェームズは殺人事件、政治、天候についてしか話題にしなかった。彼は軍の歴史について書く作業に没頭していたので、アガサは庭で猫と遊んだり、本を読んだりして時間をつぶした。

夜になると、アガサは予備の寝室で眠った。不思議なことに、狭い廊下の先で眠っている肉体を恋しく思う気持ちはもはやなかった。結婚式の中止と殺人事件のショックで、アガサの心から情熱が追いだされてしまったのだ。今は殺人事件の調査にとりかかりたくて、うずうずしていた。ビル・ウォンがずっと訪ねてこなかったので、ニュースにも飢えていた。もうじきマスコミがあきらめて、新しいネタと殺人事件を求めて去っていったら、ここも平和になるはずだ。

ドアベルがついに鳴りやみ、電話がようやく沈黙した朝、アガサはミルセスターに行き、ビル・ウォンに会ってこようと決心した。ジェームズは家で書き物をしているといった。

警察署に着くと、ビルは休みだった。自宅を訪ねようかと迷ったが思い直した。ビルは両親と暮らしていたが、以前ビルの両親に会って以来、アガサはすっかり怖じ気づいて両親に会うのは気が進まなかった。そこで必要もないのに、新しいドレスと口紅を買い、ジェームズのバスルームの棚にすでに二十本ぐらい散らばっている口紅に、新しい一本をつけ加えることになった。その口紅は「唇をこれまでなかったほど豊かに官能的にする」と謳《うた》っていた。アガサは大半の宣伝文句をひとことだって信じていないくせに、化粧品の広告となるといいカモだった。ことわざではないが希望は永遠にわきでるようで、実際に試してみるまで広告をすべて信じていた。〈ジョージ〉でランチを奮発しようと決めたが、まずその口紅をつけてみることにした。

パブのトイレに行き、星占いを読むかのように口紅の宣伝文句を熟読すると、容器を回して唇に塗ろうとした。

口紅を唇に近づけたとき、よく知っている声が聞こえた。

「だけどアガサはぼくの友人なんだ。それはむずかしいよ」

アガサはぎくりとして振り向いた。それから〈ジョージ〉の妙な音響効果について思いだした。トイレのドアの上に明かりとりの窓があるのだが、今日のようにたいてい開いているので、ドアの向こうのテーブルにすわっている客の声が、まるでトイレの中で話しているように聞こえるのだ。

ビル・ウォンだわ、とアガサはにやっとした。口紅を塗らずにハンドバッグにしまうと、ドアに向かった。

　そのとき女性の声でこういうのが聞こえた。

「わたしにいわせれば、アガサ・レーズンはまだ殺人事件の容疑者よ。鑑識を混乱させるために男性用の靴をはくことだってできただろうし、男を絞め殺せるぐらいの力はあるわ。あれだけ贅肉がたっぷりついていればね」

　アガサは口をかすかに開け、手をドアノブに伸ばしたまま、棒立ちになった。

「ねえ、マディ」——またビルの声——「ぼくはアガサをよく知っている。彼女は人を殺すような人間じゃない。あの人はレディなんだ」

「あら、いい加減にして、ビル。そんなふうにあのおばさんのことをいうのを人に聞かれたら、ツバメだと思われかねないわよ。それにレディは男の顔を殴りつけたりしないわ」

「きみがぼくに頼んでいるのは、アガサをスパイすることだ。それはいやだな」

　マディ・ハードのとげとげしい声がはっきりと聞こえてきた。

「わたしが頼んでいるのはたんに警察の仕事でしょ、ビル。彼女がやってなくて、レイシーもやってないなら、犯人の手がかりはジミー・レーズンの過去にあるのよ。だいたい、もっと早く彼女を訪ねていないのが不思議だわ」

「訪ねてただろうね。きみのせいで裏切り者のような気分にならなければ」

マディの口調がやわらいだ。「悪いことをしてと頼んでいるわけじゃないでしょ、ビル。ね、ゆうべは楽しかった？」

ビルの声はかすれ、やさしさがにじんだ。「楽しかったって知ってるくせに」

「そろそろ行きましょう。映画に遅れちゃうわ。だけど、できるだけのことを探りだしてくれるわね？」

「今夜、アガサの家に行ってみるよ」

椅子を引く音に続き、遠ざかっていく足音が聞こえた。

今はどうしても一人になりたかった。ビルの友情はずっと揺らがず確かなものだった。これまで友人など一人もいないアガサの人生で、彼は初めての友人だったのだ。いまや誰も信頼できない気がした。もちろんジェームズもだ。彼は赤の他人に対するように冷淡にアガサに接することで、怒りや苦しみをまぎらわせているように思えた。ビル・ウォンはあきらかに恋にのめりこんでいた。あんなあつかましい女のどこに魅力を感じているのかしら？

ジェームズは帰ってきたアガサの憂鬱そうな顔を見て、何があったのかと訊いた。

疲れた声で、アガサは立ち聞きした会話について打ち明けた。

ジェームズは耳を傾けた。その青い目は真剣だった。やがて彼はいった。

「野心的な女性刑事と恋に落ちたからといって、ビルを責めることはできないよ。長くは続かないと思うけどね。きみには彼のガールフレンドを選べないんだ」

「今夜、ビルが訪ねてきたら」とアガサはぷりぷりしながらいった。「口をきいてやらないわ」

「それでどういう得があるんだ？　われわれにとって彼は警察との唯一のつながりなんだ。腹を立てずに、パブで聞いたことを淡々と彼に告げるべきだよ。マディはきみの悪口をいったが、ビルのほうは一切いってないんだし」

「彼とはもう二度と口をききたくない！」

「アガサ、冷静になってくれ」

「冷静にふるまうことなんて、もううんざり」アガサは叫ぶと、わっと泣きくずれた。

ジェームズはきれいなハンカチを渡し、ブランデーを一杯持ってきてくれ、ちょっと横になったらどうかなと勧めた。

とたんにアガサはすがって泣く肩、寄りかかれる肩がどうしてもほしくなったので、必死に気持ちを落ち着けると、すすり泣きながら「わかった、ビルと会うわ」と答えた。

このときジェームズも、ビル・ウォンとマディを絞め殺してやりたい気持ちになっていたことをアガサが知っていたら、どんなに慰められただろう。しかしジェームズはそういう気持ちをかけらも見せずに、ワードプロセッサーに戻った。アガサは昼寝をするために二階の寝室に上がっていった。ジェームズが仕事を再開しようとしたとき、ドアベルが甲高く鳴った。彼はしつこいマスコミにちがいないと思った。通常ならドアを開けないのだが、そのときは誰かに思いの丈をぶちまけたい気分だった。たとえ、それがビル・ウォンでも。

だがドアを開けると、ロイ・シルバーが階段に立っていた。

ジェームズは哀れなロイの喉元をつかむと、激しく揺すぶった。

「ここからとっとと出ていけ。このウジ虫め」ジェームズは怒鳴った。最後にもう一度揺すぶってから突き飛ばしたので、ロイは後ろによろめき、生け垣に倒れこんだ。

「力になろうと思って来たんです」ロイはか細い声でいった。「本当に。ジミー・レーズンについての情報を手に入れたんです。彼が殺された理由なのかもしれないんですよ！　アギーを助けようと思って調べたんです」

ドアを勢いよく閉めようとしていたジェームズは躊躇《ちゅうちょ》した。

「どういうことだ？」

ロイは生け垣から体を起こすと、慎重な足どりで近づいてきた。

「探偵を雇って、ジミー・レーズンについて探らせたんです。その報告書がここにあります」彼はジェームズに突き飛ばされても、かろうじて手から離さなかったブリーフケースを掲げてみせた。

「ほう、それはけっこう」ジェームズはいった。「中に入ってくれ。アガサが話を聞く気になるかどうか見てこよう」

アガサが階段を下りてくると、ロイは不安そうにあとずさりして椅子の後ろに回りこんだ。彼は髪をブロンドに染めていて、そのせいで顔の血色が悪く見えた。

しかしアガサには考える時間があった。ロイが役に立つ情報を持っているなら、ジェームズと事件を解決できるかもしれない。そうすればビルと彼の大事なマディの面目をおおいに失わせることになるだろう。

「すわってちょうだい、ロイ。重要なことをつかんだのなら、ぜひ聞きたいわ。だけど、あなたがしたことを許すとは思わないでよ」

「彼はきみが重婚の罪を犯すのを防いだんだよ」ジェームズが指摘した。

アガサは二人をにらみつけた。

「彼の話を聞こうじゃないか」ジェームズが穏やかにうながした。

アガサはうなずいた。ロイは椅子の後ろから出てくると、落ち着かない様子ですわり、ブリーフケースを膝にのせた。

「どうやら」とアガサがいった。「最初は仕返しのためにこの探偵を雇って、わたしがまだ結婚しているかどうか探らせたようね。で、罪悪感に耐えかねて、また同じ探偵を雇ったんでしょ、卑怯者！」

ロイは咳払いした。「いつも最悪の動機を探すんですね、アギー？　ぼくは結婚祝いにご主人の決定的な死亡の証拠をプレゼントしたら、喜ばれると思ったんです。あなたは文句ばかりいうけど、それが真相なんですよ。さもなければ神よ、我に天罰を与えたまえ！」

アガサは梁《はり》のある天井を見上げた。

「雷があなたに落ちるのを待ってるんだけど、ロイ」

「こんないいあいは建設的じゃない」ジェームズが厳しくいった。「きみの報告を聞こう」

ロイはブリーフケースを開き、書類の束をとりだした。

「そもそも、酒浸りのジミーがこんなに生き長らえたのが不思議だったんですよ。だけど、慈善家のミセス・セリーナ・ゴア＝アップルトンという女性がジミーに目をつけて、高級な健康施設に送りこんだんです。そこはベティ・フォード・センターというよりも、金持ちの酒飲みが禁酒して健康を回復し、また飲むための施設でした。ジミーには効果があったようで、酒を断って、その後ミセス・ゴア＝アップルトンの慈善団体のカウンセラーとして働いていた。〈ホームレス援助会〉という組織です。ここでおもしろい情報をつかんだんです。

ジミーはいつも大金を見せびらかしていたようなんですよ。ぼくの雇った探偵のミズ・アイリス・ハリスがそれを探りだせたのは、ジミーが落ちぶれた古い仲間の前で親分風を吹かせていたからです。ただし、一年ぐらい酒を断っていたあとで、あれよあれよという間に転落していって、またもや物乞いや薬物依存症者やロンドンの通りにたむろしているホームレスのあいだに舞い戻ったんです。

最近酒を断ったあるホームレスによると、ジミーは人々の秘密を探りだしてはご満悦だったそうです。仕事で稼ぎがあるくせに生活保護の手当をもらっていることを役所にばらすぞと脅して、せいぜい安酒を一本せしめるといった程度でしたが」

ロイは得意そうににやっとした。「というわけで、回転の速いぼくの頭は、ジミーが貧しい人間を恐喝できたのなら、このゴア＝アップルトンという女性のもとで仕事をしていたときに、当然、金持ちを恐喝しただろう、という結論を導きだしたんです。おそらくカモの一人をミルセスターで見かけた。で、そのカモのほうはジミーを殺す絶好の機会を見つけ、実行したんですよ」

「あまりにも偶然の一致が重なりすぎているように思えるな」ジェームズが考えこみながらいった。「アガサはミルセスターで結婚することにした。それがなかったら、ジミーはコッツウォルズまで来なかっただろう。どうしてまた彼の恐喝相手まで、いきなりここに現れるんだ？」

ロイは意気消沈したようだった。それからまたぱっと顔が明るくなった。

「そうだ、彼が滞在していた健康施設がある場所はどこだと思いますか？　ミルセスターから十五、六キロのアシュトン・ル・ウォールズなんです」

「なるほどね。でも、健康施設に行く人間が周辺の町から来るとは限らないでしょう？」アガサがいった。「それどころか、国じゅうからやって来るわ」

「まったくもう、二人ともケチばかりつけますね！」ロイは不機嫌になった。「それに、偶然の一致は現実にも起きますよ。ぼくのオーストラリア人の友だちを覚えてますか、アギー？　あのろくでもない観光客を？」

「ええ。なかなかいい人だと思ったけど。たしかスティーヴっていう名前だったわね」

「ともかく、その彼なんですけどね、オーストラリアに帰って二度と戻ってこないと思ってたんですよ。先日、ぼくはパブで飲んでいたんですが、スティーヴのことを別の友人にしゃべっていたんです。彼の退屈なビデオやガイドブックのことなんかを。で、二度と彼と会わずにすめばありがたいといっていたときに、誰かの視線が後頭部に突き刺さる感じがして。振り向いたら、そこにスティーヴがいたんですよ！　彼は店を飛びだしていきましたが、ぼくはショックを受けました。なんたって、そこはフルハムのパブだったんですよ、これまで一度も行ったことのない」

ジェームズはアガサを見た。「少なくとも捜査のとっかかりは与えてくれたようだ。手始めに明日、ロンドンに行き、そのミセス・ゴア＝アップルトンを捜してみよう」

アガサは行動を起こせると思って、表情が明るくなった。

ドアベルが鳴った。「ビル・ウォンだろう」ジェームズがいいながら立ちあがった。

アガサは彼の袖をつかんだ。「このことは黙っていてね、ジェームズ。しばらくわたしたちだけの秘密にしておきましょう」

ジェームズは反論しかけたが、ゆっくりとうなずいた。

「いいとも。しかし、また危険なことはしないでくれよ、アガサ。過去に何度もぞっとする殺人に巻きこまれているんだから」

ビル・ウォンは入ってきてロイを見ると、驚いて足を止めた。

「あなたは二人に殺されたと思ってましたよ」

「アギーとぼくは古くからの友人なんです」ロイは弁解した。「結婚祝いにジミーの死亡証明書をプレゼントしたかっただけなんだ」

ビルはつりあがった目に皮肉をたっぷりこめてロイを眺めた。

ロイはジェームズがテーブルに置いた資料をとりあげ、ブリーフケースに突っこんだ。

「それは何ですか？」ビルが訊いた。

「PR資料ですよ。アガサに仕事を助けてもらおうと思って来たんです」

ビルは三人の顔を見た。用心深い、敵意に満ちているといえそうな雰囲気が漂っている。ジェームズとアガサは大きなストレスを感じているにちがいない、とビルは胸を痛めた。まえもって電話してから来るべきだった。

「いい知らせをお伝えできるといいんですが」ビルは切りだした。「亡きご主人が殺された理由は、まだ見つけられずにいるんですよ、アガサ。ロンドンのホームレス仲間とのあいだで起きたことなら、ポケットに入っていた酒びんをとりあったとか、たわいのない理由で殺されたと判断できたでしょう。しかし、ここで、コッツウォルズで殺された場合はどうなんでしょう？」

「ロンドンの警察は彼の昔の仲間に話を聞いているのかい？」ジェームズがたずねた。

「もちろん。しかし、あの連中は警察の制服を見ただけで、貝みたいに口を閉ざしちゃうんですよ。百メートル離れていても、刑事だって嗅《か》ぎ分けられるようです。ぼくも向こうに行って調べることができたらいいんですけど。カースリーの村ではどういう反応ですか？」ビルはミルセスターに住んでいた。

「アガサとわたしは第一および第二容疑者だと思われているようだね」ジェームズがいった。「鑑識の結果について教えてもらえないかな、ビル」

「アガサに話したことしかまだわかっていません。男性用のシルクのネクタイで絞殺された。重要な手がかりのように思えるんですが、ハーヴェイ・ニコルズのネクタイなので、国じゅうのちょっとした紳士服店ならどこでも買えるんです。しかも、かなり古くて端がほつれていました」

「ジミー自身のネクタイだったのよ」アガサがいきなりいった。「最後に会ったときはつけてなかったけど、結婚式ではネクタイを結んでいたもの。ちょっと待って。たぶんポケットに入れておいたのよ。でも、ただぼうっと突っ立って、殺人の凶器がないかとポケットを探られるままになっていたはずがないわね」

「ネクタイはどんな柄でしたか?」ビルが質問した。「よく覚えてないんですが」

しかし、アガサは覚えていた。あの日のおぞましい事実は、詳細まで永遠に頭に焼きつけられるだろう。「昔のスクールタイみたいな感じで——控えめなストライプだったわ。紺色、金、グリーンのね」

ビルはノートをとりだして、あわてて走り書きした。それからこういった。「こっちに来る前に、救世軍のホステルで身支度を整えたことがわかっています。そこで服をもらったそうです。もちろん、そのネクタイももらったんでしょうね」

「首を絞められる前に何かで殴られたとか?」アガサが質問した。

「あなたの手の甲で」

「ただ突っ立って、絞め殺されるがままになっていたわけがないわ」

「ぼくには想像がつきますよ」ロイが勝ち誇ったようにいった。「彼はアギーに殴られたあと、溝で寝ていたんですよ。だって、酔っ払っていて誰かに殴られて溝に落ちたら、まずポケットから酒のボトルをとりだして壊れていないか確認するでしょう。それから酒をたっぷりあおる。たぶんボトルをとりだしたときに、ネクタイもポケットからはみだしたんです。そこへ殺人者登場。溝にはジミー、その口にはボトル。ポケットからはネクタイが突きだしている。ネクタイをつかみ、首を絞めあげて窒息させれば、死体の一丁上がり」

「ありがとう、ミスター・ＰＲマン」ジェームズがいった。「たしかに、それはありえるな。きみはどう思う、ビル？」

「ぼくには内緒で、みなさんは何か知っていることがあるんじゃないですか？」ビルは三人の顔を見ながらいった。

「いとしのマディはお元気？」アガサが甘ったるい口調でいった。

彼の丸い顔がぱっと赤くなった。「ハード刑事は元気ですよ、おかげさまで」

「どうか、くれぐれも、くれぐれも、わたしからよろしくって伝えてちょうだいね」

ビルは一瞬、マディに送りこまれて何か探りだそうとしていることに気づかれたのだろうか、と不安になった。しかし、マディへの愛のせいで疑い深くなっているだけだと思い直した。

「そろそろ失礼します」彼は立ちあがった。

「じゃまた」アガサはいった。ジェームズがビルを見送った。

ビルは心を決めかねて、しばらくコテージの外に立っていた。今日はいつものように歓迎されなかった。アガサもジェームズも飲み物やコーヒーを出そうともしなかった。戻っていって、アガサに本当のことを打ち明けるべきだろうか。マディに探りを入れるようにいわれたせいで、これまで彼女を訪ねるのを控えていたのだと。ドアの方に半歩踏みだしたが、いらだたしげに首を振って車に戻っていった。

というわけで室内の三人の素人探偵たちは、警察に介入されずに、自由に調査を始めることになった。

3

翌朝、ロンドンへ車で向かうあいだアガサは黙りこんでいた。ジェームズはありとあらゆる話題についてべらべらしゃべるアガサに慣れていたので、いつにない沈黙に不安になってきた。さらにアガサはズボンとセーターを着て、メイクもせず、実用的な靴という地味な格好だった。香水もつけてない。彼のためにまったくおしゃれをしていない様子に、ジェームズは初めてかすかないらだちを覚えた。

調べたところ、〈ホームレス援助会〉の住所は、ヴィクトリア地区のエベリー・ストリートの地下室だった。ジェームズの持っていたロンドン住所録で見つけたのだ。ジェームズは最初に電話してから来ればよかったと後悔した。というのも、そこは今や小型タクシーの会社になっていたからだ。

西インド諸島出身らしい小型タクシー会社の大柄な社長は、デスクに足を投げだして椅子を傾けていた。

「〈ホームレス援助会〉を捜しているんですが」

「またあんたもそうかい、相棒」西インド諸島の男はいった。「みんなにいったことをあんたにも繰り返しておくよ。おれは知らない。どうでもいい」

「どうしてみんな捜しているんでしょうね？」ジェームズがたずねた。

「あんたと同じ理由だろ。金を貸してるからさ」

「じゃあ、ミセス・ゴア＝アップルトンが今どこにいるのか知らないんですね？」アガサは訊いた。

「知るかい」男は大げさに肩をすくめると、コーヒーカップをつかんで中身をゴクリと飲み、二人の存在すら忘れてしまったようだった。

「この場所は彼女から買ったんですか？」ジェームズが追及した。

男の黒い目が、もう一度いらだたしげに二人に向けられた。「おれは〈クイック・コピー＆印刷〉から買いとったんだ。その前は〈ピーターパン人材派遣会社〉だった。その前は知らんね。どこも長続きしないんだ。とにかく倒産率がすげえからな。その〈ホームレス援助会〉ってのは四年ぐらい前に消えたよ」

二人はあきらめて外に出た。ジェームズは歩道に立ち、うなだれ、顔をひどくしかめていた。「〈ホームレス援助会〉が慈善団体なら、絶対にこのゴア＝アップルトンはマスコミに登場して、会を設立することについて何かしゃべっていたはずだ。誰か役に立ちそうな記者を知っているかい？」

「以前はたくさんのジャーナリストと知り合いだったけど、ほとんどがファッションか芸能関係だったわ」

「でも、彼らならデータベースにアクセスできるかもしれない。頼んでみてもらえないかな？」

アガサは自分をあまり嫌っていない知り合いのジャーナリストは誰だろうと頭を絞った。ＰＲの仕事をしていたとき、マスコミがアガサのクライアントの記事を載せてくれたのは、うるさい彼女をたんに早く厄介払いしたかったからだ。

「〈ビューグル〉紙の芸能記者を知っているけど」自信なさげにアガサはいった。「メアリー・パリントンよ」

二人はイースト・エンドまでゆっくりと車を走らせた。フリート・ストリートはもはや新聞街ではなかった。大きな新聞社はもっと安くて、もっと広い敷地に移転してしまっていた。

ようやく二人は〈ビューグル〉の殺風景なスチールとガラスでできたホールに立ち、メアリー・パリントンが話を聞いてくれるのを待った。

アガサはついていた。

「あのぞっとするアガサ・レーズンには、わたしは死んだとでも失踪したとでも、適当にいっておいて」とメアリーが秘書にこういいつけているところに、社会部長が通りかかったのだ。

「ちょっと待て」社会部長は口をはさんだ。「コッツウォルズの殺人事件に巻きこまれた女性だろ。こっちに呼んで、わたしに紹介してくれ。まだどの記者も彼女に近づくことができずにいるんだ」

メアリーはアガサを社会部のライオンの群れに放りこむという考えがいたく気に入った。そこで、アガサとジェームズは社内に案内された。

ジェームズはマイク・タリーという社会部長に紹介されながら、ここに来たことを後悔していた。家の売却の件でアガサの無知を非難しておきながら、彼もまた、自分たちがニュースのネタにされるとも考えずに、新聞社のオフィスにのこのこ現れてしまったからだ。

「さて、アガサ」二人を強引に自分の部屋に連れていったあとで、マイクは切りだした。「あなたをアガサと呼んでもかまわないですか？」

「いいえ」アガサはそっけなく応じた。

「ハハハ。メアリーから手強い女性だと聞いてますよ。どういうご用件ですか？　きっと容疑を晴らしたいんでしょうな」オフィスには窓があり、記者たちのデスクが見えた。マイクは腕を振った。オフィスのドアが開き、カメラマンとそのあとから記者が入ってきた。

「どういうことなの？」アガサが問いただした。

「あなたが力を貸してくだされば、われわれも力をお貸ししますよ」マイクはいった。

「帰るわ」アガサはドアに向かった。

「ちょっと待って」ジェームズが声をかけた。アガサはしぶしぶ振り返った。

「わたしたちにはたしかに助けが必要だよ、アガサ」ジェームズはいった。「それに、新聞社がニュースをほしがることは予想しておくべきだった。殺人事件以来ずっとわたしたちの家に張りついていたんだから。隠すことは何もない。わたしたちはこのア＝アップルトンという女性を見つけたいだけだ。知っていることを話したらどうかな？」

「そうしたら発見したことをどうして話さなかったのかって、警察に妙に思われるわ」アガサは指摘した。

「警察にはいずれ話さないわけにいかない。さっさと片付けてしまったほうがいいよ、アガサ。きみは今ライオンの檻《おり》の中にいるんだ。たとえ外に出ていっても、オフィスから出る前にカメラマンに写真を撮られるだろう」

「撮らせておけばいいわ」アガサはけんか腰でいった。

「アガサ、きみはメイクをしてないじゃないか」

それで一件落着だった。

アガサが〝世話係〟に案内され、店でメイク用品としゃれたドレスとハイヒールを買うまで、インタビューと撮影は待ってもらわねばならなかった。

それから二人は知っていることを話した。そしてアガサとジェームズはカメラの前でポーズをとった。たっぷりエアブラシを使って写真を修正するという約束をアガサは写真部にとりつけた。

しかし、いざ記者がミセス・ゴア＝アップルトンの詳細についてファイルを探してみると、ほとんど何も発見できなかった。ただチャリティイベントでホームレスについて演説したという言及があるだけだった。写真もない。アガサがだまされた気分になっていると、ジェームズが新聞に名前が出れば、ミセス・ゴア＝アップルトンはあぶりだされるのではないかと意見をいった。

あとはもうランチをとり、カースリーに戻り、翌朝の新聞が掲載する記事を眺めるしかなさそうだった。

翌朝、アガサは重苦しい眠りから覚めた。誰かが寝室のドアをたたいていた。ガウンをはおり、そこで躊躇した。たたいているのはジェームズだろう、当然。記事が新聞に出たのだ。着替えるまで待ってというべきだろうかと考えたが、却下した。ジェームズのために着飾る日々は終わったのだ。

アガサはドアを開けた。ジェームズは〈ビューグル〉を振り回していた。

「信じられるかい⁉」憤慨して彼は叫んだ。「ひとことも出てないんだ！」

「キッチンに行きましょう。本当に見落としていない？」

「ひとこともだ」彼は怒って繰り返した。

アガサはキッチンのテーブルの前にげんなりしながらすわると、新聞を広げた。見出しが躍っていた。「フレディ、ついに同性愛を明かす！」さわやかなユーモアで英国の視聴者に人気のコメディアンが、ゲイだと宣言したのだった。一面の別の記事はボスニアのセルビア人に撃たれた〈ビューグル〉の記者についてだった。

「昨日オフィスにいたとき、この記事のことはまったく耳にしなかったわ」アガサはいった。「午後にニュースが入ってきて、わたしたちの記事を追いだしたのよ」

「明日は掲載するかもしれないね」

アガサは首を振った。新聞のやり方なら承知していた。「もう使わないわ」むっつりといった。「殺人事件の直後にあの記事があれば、何があっても使ったでしょう。でも、もはやあれは古いニュースなのよ」

「あの社会部長に電話して、ひとこと文句をいってやろうかな」

「そんなことをしてもむだよ、ジェームズ。何か別の方法を考えなくちゃ」

ジェームズはキッチンを行ったり来たりした。「いらいらするな。今すぐ何かしたいんだ」

「そうだわ、あの健康施設よ」アガサがいいだした。「ジミーが行ったところ。あそこに行って記録を調べれば、ジミーと同時期に誰が滞在していたのかがわかるわ。そうすれば、ジミーが恐喝をした相手が見つかるかもしれない」

ジェームズはがぜん元気になった。「いい考えだ。何という名前の施設だったかな？」

「リビングにロイのメモが置いてあるわ。それを見て。ただ向こうは記録を見せることを渋るかもしれないわね。あの健康施設にお客として偽名でチェックインしたほうがいいかもしれない」

「夫婦という触れ込みにしよう。パース夫妻、うん、それでいいな」

ジェームズは急いで行ってしまった。残されたアガサは男性ならではの無神経さにあきれていた。夫と妻だなんて、臆面もなくよくいえるわね！

アガサは二階に行き、洗面をして服を着た。自分の家をとり戻したかった。もう一度だけミセス・ハーディを訪ねてみるべきかもしれない。

半時間後、アガサはミセス・ハーディを訪ねていた。彼女は相変わらずがっちりした体つきで、ツイードを着ていた。アガサを見るなり、険しい目つきになった。

「すみません」アガサはいった。「わたしにコテージを返すことを考えていただけたかと思って。あなたが購入したときの額にいくらか上乗せしてお支払いするつもりです」

「もう、帰ってちょうだい。わたしはここに落ち着こうとしているのに、こんな不愉快な邪魔が入るなんて冗談じゃないわ。あなた、かつてはビジネスウーマンだったそうじゃないの。それらしくふるまったらいかが」

アガサの鼻先でバタンとドアが閉められた。

「頑固な意地悪ばあさんったらないわ！」アガサは家に帰って、ミセス・ハーディが家を売るのをまたも拒絶したことをジェームズに報告しながらぼやいた。

「隣にこだわることはないだろう？　他に家はいくらでもあるんだから。そういえば、ボグル夫妻が老人ホームに移ることを考えているって、村の噂で聞いたよ。つまり、彼らの家を買えるってことだ」

　アガサはショックを受けながらジェームズを見つめた。

「だけど、ボグル夫妻は公営住宅に住んでいるのよ」

「それが問題でも？　公営住宅でもきちんと建てられている物件はあるよ。それに、あのがらくたを片付けたら、ボグル夫妻のところでもけっこうな広さだろう」

　わたしのような人間には公営住宅で充分だと、ジェームズは思っているのかしら。でも、彼はわたしの貧しい生い立ちを知らないはず。たんにいらいらするほど実際的なだけなんだわ。

「自分で買ったら」アガサはつぶやいた。

「そうするかもしれない。さあ、荷造りをして。例の健康施設に予約を入れたんだ。〈ハンターズ・フィールズ〉っていう名前だった。今夜、チェックインすることになっている。ロイのメモを持っていこう。そんなしょげた顔をしないで。きみのコテージのことはひとまず忘れるんだ。何かしら、いい手を考えつくよ」

「どんな？　郵便受けにヘビを入れるとか？」

「まあ、そんなようなことだ」

アガサは出かける前にミセス・ブロクスビーを訪ねた。

「ジェームズと、とてもうまくいっているようね」牧師の妻はいった。

「うまくいっているのは、ジェームズにサイ並みの繊細さしかないおかげよ」アガサは冷たくいった。「健康施設に夫婦としてチェックインするつもりみたい」

「もしかしたら、それをあなたとまたいっしょになるための口実に利用しているのかもしれないわよ」ミセス・ブロクスビーが大胆な意見を口にした。しかしアガサのこわばった顔を目にして、あわててつけ加えた。「たぶんちがうわね。彼はとても変わった人だから。彼はいわば自分の心を仕切って小さな部屋に分けているんだと思うわ。恋人としてのアガサを受けいれる部屋はぴたっとドアが閉ざされていて、友人としてのアガサを受けいれる部屋はドアが開いているのよ。何もないよりもましじゃない？それともかえってつらい？」

「いいえ、あまり。前みたいには彼のことを考えられなくなっているから」

「そうすると傷つくからなの？」

「ええ」ぶっきらぼうに答えたとたん、その小さな目にみるみる涙があふれた。

「お茶を淹れるわね」ミセス・ブロクスビーは如才なく席を立ち、アガサに落ち着きをとり戻すための時間を与えた。

「わたしのコテージを買い戻せたらいいんだけど」ミセス・ブロクスビーがお茶のトレイを持って戻ってくると、アガサは嘆いた。「ジェームズはものすごくきちんとしているから、あそこだと自分が余計者みたいに感じちゃって。自分の物をまた身近に置きたいのよ」

「ミセス・ハーディを訪ねたの」牧師の妻はふたつの薄手のカップに慎重にお茶を注いだ。「人づきあいを避けたいとか、まあそういうことについてちょっとした演説をされたわ。はっきりいって、とても失礼だった。だからアガサ、別の家を探したほうがいいんじゃないかしら」

「そうせざるをえないわね。それより、あなたも含めてみんなが、プレゼントを返さなくていいというので、とても恐縮しているの。あなたはわたしたちが殺人犯だとは思ってないでしょうけど、村の大半の人が疑っているんじゃないかしら。それで、わたしたちと関わりを持ちたくないと思っているのかもしれないわね」

「そんなんじゃないわ。たしかに、最初はあなたが殺人犯じゃないかと疑ってた人も多かったけど、そのあと冷静になったら、そんなことを考えたことが恥ずかしくなったんでしょう。プレゼントを返してもらいたくない理由は、あなたたちの様子からして、結局二人は結婚することになるんじゃないかと思っているからだわ。もう一度お祝いにぴったりのカードを見つけて、プレゼントを包み直すのが面倒なのよ」

「あらやだ」アガサはとげとげしくいった。「じゃあ、みんな、さぞがっかりするでしょうね」

ミセス・ブロクスビーは話題を変え、アガサが帰るまで、もっとたわいのない村の噂を聞かせた。

〈ハンターズ・フィールズ〉は美しい草原に建つ大きな施設だった。いくら請求されるかをジェームズから聞いて、アガサはぞっとしながらまばたきした。ジェームズは最近伯母から遺産を相続して懐が豊かだからといって、その天文学的な料金を自分が支払うと主張して譲らなかった。

二人はかわいらしい受付嬢に二階にある広々とした部屋に案内された。

「所長がまもなく参ります。それからプログラムと施設の設備についてご説明します」と受付嬢はいった。

部屋には間隔を空けて配置されたツインベッドがあった。荷物を解き、クロゼットに吊したところで、所長が入ってきた。銀髪ですべすべした肌をして、仕立てのいい服を身につけ、小さな金縁眼鏡をかけた穏やかな物腰の男だった。ミスター・アダーと名乗った。

「もっとも重要なことですが」とミスター・アダーはいった。「施設の医師が明朝お二人を診察することになっています。健康管理については慎重なのです。クライアントに、健康上不適切なプログラムをご提供したくありませんから」彼はアガサとジェームズをじろじろ眺めた。「ミスター・パースはきわめて健康なご様子なので、われわれの助力は不要に思えますが」

「今回は妻の発案なのです」

「ああ、なるほど、わかります」穏やかな視線が向けられると、アガサは中年のウエストについた脂肪の塊がさらにふくれあがるような気がした。

ジェームズはいった。「おたくの宿泊記録をぜひ見せていただきたいんですが」

「どうしてですか?」ミスター・アダーの温和だった顔に、いらだたしげな小さなしわが現れた。

「知人のジミー・レーズンという人間が、こちらに滞在したことがあるんです。彼と同時期に、他にも知り合いが滞在しているかもしれないので――」

「だめ、だめ、だめです、ミスター・パース。宿泊記録は部外秘なんです。ディナーは三十分後です」

所長は奇妙なお辞儀をしてから去っていった。

「あーあ、これでおしまいね」アガサはむっつりといった。

「オフィスに忍びこめばいいだけだよ」とジェームズは平然といった。


「一週間もここにいることに耐えられそうもないよ、アガサ」

ごく少量のディナーを目にして、ジェームズは訴えた。

「あら、いいじゃないの」アガサは反論した。「体にいいんじゃないかしら」こうしてチェックインした以上、アガサはスリムになるプログラムを楽しみにしていた。

「一週間もこのウサギのえさを食べ続けていたら、機嫌が猛烈に悪くなりそうだ」彼は他の客を見回した。ほとんどが中年で、全員が裕福そうだった。

「それで、いつオフィスに忍びこむつもりなの？」

「今夜だ。ディナーのあとに下見しよう。どこにあるにしろ、たぶん鍵はかかっていないよ。こういう高級な場所では、お客が施設内を嗅ぎ回る心配をする必要はないはずだ」

「わたしたちならやりかねないと、ミスター・アダーは考えるかもしれないわね。わからないわよ、彼はどうしても隠したいものがあるかもしれないわ。自分用と国税局用の口座がふたつあるとか」

「いずれわかるよ」ジェームズはうんざりしたようにカフェインレスのコーヒーをすすった。「それから、オフィスの場所を確認したら、いちばん近いパブに車を飛ばして何か食べよう」

アガサは抗議したかった。すでにやせてきたような気がしていたのだ。しかしダイエットをするべきだと主張したら、いっしょに調査をするときにジェームズは不機嫌になるだろう。

食後、二人は施設を歩き回って、ロビーのはずれにオフィスを見つけた。ロビーに面している側はガラス張りになっていたので、中にファイルキャビネットと二台のコンピューターがあるのが見えた。オフィスに鍵がかかっているばかりか、他の館内施設にも鍵がかかっていた——サウナ、マッサージ室、治療室、診察室、所長室。

「そのドアをどうやって開けるの？」アガサがたずねた。

「錠前破りの道具を持ってきたんだ」ジェームズは以前にも錠前破りの道具を使ったことがあったが、入手した理由と経緯は決して語ろうとしなかった。

二人は近くの村に車を走らせた。そこでジェームズは大きなステーキ&キドニーパイを食べ、アガサはハムサンドウィッチとミネラルウォーターでどうにか我慢することにした。

それから自分たちの部屋に戻った。ジェームズは黒い服に着替えて、ちょっとベッドに横になろうと提案した。彼は午前二時に鳴るように目覚ましをかけた。

ベッドに入ると、ジェームズはたちまち寝てしまった。しかしアガサは眠れないま ま、おなかが低くゴロゴロ鳴っている音を聞いていた。もう絶対に眠れないと思ったときに、すとんと眠りに落ち、目覚ましの甲高い音ではっと目覚めた。

「出発の時間だ」ジェームズがいった。「お客が調理場に忍びこまないようにと、警備員がパトロールしていないことを祈ろう」

彼は部屋のドアを開けた。外の廊下にはまばゆい照明がついていた。ジェームズはまた部屋に戻ってきた。アガサは紺色のセーターと黒いズボン、ジェームズは黒いセーターと黒いズボンというかっこうだった。「外はすごく明るいし、なんだか二人組の泥棒みたいだ。ガウンを着て、食べ物を漁《あさ》っていたと弁明できるようにするべきかな？　そういうことはよくあるにちがいない」

「ファイルキャビネットで食べ物を探しているなんて、おかしいと思われるわよ。ありふれた格好をしたほうがいいかもしれないわ。二人ともジョギングウェアを持ってるでしょ。ひとつ走りしてきたといえばいいわ。探している現場を見つかったら、自分たちの個人情報がもれているんじゃないかと心配で、何がファイルに書かれているか見たかったとかなんとか言い訳すればいいわ」

「わかった」ジェームズはいうと、ズボンを脱ぎはじめた。アガサは自分の前でこれほど平然として服を脱いだジェームズに、少しむっとした。

アガサ自身はバスルームで真っ赤なジョギングウェアに着替えた。ジェームズに拒絶された中年の肉体をさらしたくなかったのだ。

アガサの顔はバスルームの蛍光灯の下だとくすんで見えた。ちょっとファンデーションをつけてお粉をはたいたほうがいいかもしれない。それに頬紅も少し。例の新しい赤い口紅はジョギングウェアの色とぴったりだ。マスカラに手を伸ばしかけたとき、いらだたしげなジェームズの声がバスルームのドアの向こうから聞こえた。

「何をしているんだ、アガサ？　ひと晩じゅうそこにこもっているつもりかい？」

「今行くわ」アガサは無念そうにマスカラを置くと、外に出ていった。ジェームズのあとから廊下に出たとき、アガサ・レーズンの新陳代謝は健康的な食べ物では機能しないと改めて気づいた。絶対に息が臭くて、おなかにはガスがたまっているにちがいない。ジェームズから少し離れ、両手を口にあてがって息を吐いてみた。しかしジェームズは振り返ってたずねた。

「今度は何をしているんだ？」

アガサは歯切れ悪く「別に」と答えると、ジェームズの隣に並び、中年女性を見守るありとあらゆる神に、どうかおならをしませんようにと祈った。建物は威圧的なほど静まり返っていた。

誰にも会わず、誰の足音も聞かずに、ロビーにたどり着いた。オフィスまで来ると、ジェームズはつぶやいた。「簡単なエール錠だ。プラスチックのカードでも開くだろう」

彼がポケットからカードをとりだし錠を開けようとしているあいだ、アガサはかたわらに立ち、自分のおなかが小さく鳴っているのを聞いていた。どこもかしこもこうこうと明かりがついていた。懐中電灯を持ってきたが、ロビーもオフィスもまばゆく照らしだされている。カチリという音がして、ジェームズは満足そうな声をもらしてドアを開けた。

「どこから始める？」アガサはささやき、コンピューターを見た。「この一台から？」

「旧式のファイルキャビネットからだ。絶対にジミーが滞在した時期の記録はまだこここにあるはずだよ」ジェームズはいちばん上の引き出しをひっぱった。引き出しはやすやすと開いた。「よし」ジェームズはつぶやいた。「レーズンという名前で調べてみよう」両方のキャビネットのすべてのファイルを調べたが、何も見つからなかった。

「さてどうしよう？」彼はたずねた。

「ゴア＝アップルトンを調べてみて」アガサが提案した。「ジミーじゃ、こういう場所のお金を支払えなかったわ。となると、当然、彼女が予約をして料金を支払ったはずよ」

ジェームズがなるほど、といって捜索にかかった。アガサはオフィスの窓の前で、誰かが来ないかまたロビーを見張りはじめた。

とうとうジェームズが低い声で叫んだ。「あったぞ！　ゴア＝アップルトン、メイフェア、チャールズ・ストリート四〇〇。一九九一年八月にミスター・J・レーズンの名で予約している」

アガサはうーんとうなった。「だけど、どうやってその時期にいた人間を見つけだしたらいいの？」

「くそ、それは考えていなかったよ。わたしたちは宿泊帳にサインした。あれはかなり新しいものだった。古い宿泊帳もどこかにあるはずだ」

「あそこの戸棚は？」

「鍵がかかっている。だけど簡単に開けられるよ」

アガサはジェームズが鍵を開けるあいだ待っていたが、しだいに不安が募ってきた。運はもうこれ以上もたないにちがいない。それに誰かが来ても足音が聞こえるだろうか？　ぶ厚いカーペットが敷きつめられているのだ。

「あったぞ」ジェームズがいった。「一九九一年。ええと、八月」ポケットから小さなノートをとりだして、メモを始めた。

「急いで」アガサはせかした。

「よし、完了」はらはらする数分が過ぎて、ジェームズはいった。「すべて元どおりにして鍵をかけよう」

アガサはオフィスから出てロビーに戻ると、安堵の吐息をついた。

「何かわかった？」アガサがたずねていたとき、階段から愛想のいい声が聞こえて、二人とも飛びあがった。

「何かご入り用なものでも？」ミスター・アダーがゴールドのひものついた黒いガウン姿で、眼鏡の奥の目を光らせて立っていた。

「いえ、いいえ」ジェームズが陽気にいった。「ちょっと走ってきただけです」

「そうですか」ミスター・アダーは近づいてきたが、その視線はジェームズがポケットにしまいこんだノートに釘付けになっていた。「どうやって外に出たんですか？真夜中にはドアはすべて施錠されるんですが」

「階段を上り下りしたのよ」アガサはいった。

「階段を上り下り？」

「わたし、ほんとに馬鹿だったわ。家に階段を上り下りするマシンがあるの。ほら、エクササイズのマシンよ。実は見栄のせいなの。明日の朝の健康診断のときに、どうしてもやせて健康的になっていたくて。だからジェームズにいったの。『階段を上り下りしましょ』って。カーペットが敷いてあるから、誰にも迷惑をかけないと思ったのよ」

ミスター・アダーの目が不快なほどすがめられた。「だとすると、思っていた以上にあなたは健康なようですね、ミセス・パース。息も切れていないし、汗もかいていない」

「あら、ありがとう！」アガサはいった。「とても健康なのね、きっと。でも白状すると、ちょっぴり疲れちゃったわ。ベッドに行きましょ、ダーリン？」

「いい考えだ」とジェームズ。「じゃ、明日の朝に、ミスター・アダー」

　彼は二人の前に立ちふさがった。「自分勝手なプログラムは控えていただかないと、この滞在はまったくお金と時間のむだになりますよ。夜中にうろつかないでください」

「たしかに」ジェームズはアガサの肩に腕を回した。二人はミスター・アダーを迂回して歩いていった。

　階段を上りながら、アガサは振り返った。ミスター・アダーはオフィスのドアにちゃんと鍵がかかっているか確かめていた。

「ふう」部屋に戻るとアガサはいった。「あの人、今のを信じたと思う?」

「いいや。でも、たぶん調理場を漁っていたと思っただろう。念のためオフィスのドアを確認しただけだよ。ジミーと同時期にここに滞在していた客のうち、ミルセスター近くに住んでいる人たちの名前を宿泊記録から選んできた」ジェームズはノートを開いた。「サー・デズモンド・デリントンとレディ・デリントン。ミス・ジャネット・パーヴェー、ミセス・グロリア・コンフォート。だけど、ここを出たらまっさきにロンドンのチャールズ・ストリートに行き、ミセス・ゴア＝アップルトンがまだ同じ住所に住んでいるかどうか確認しなくては。それからこの名前にあたってみよう」

「ここは一週間分を前金で払ったの?」アガサはたずねた。

「ああ」

「じゃあ、一週間ここにいて、元をとるべきだと思わない?」

「退屈で死にそうだよ」ジェームズはそういってパジャマをとろうと横を向いたので、アガサの顔に浮かんだ傷ついた表情には気づかなかった。「健診は受けて、水泳とかマッサージはやってもいいかもしれない。それからここをチェックアウトしよう」

翌朝の健康診断で、アガサは血圧とコレステロール値が少しだけ高いことが判明した。ミューズリーとフルーツの朝食のあと、アガサはプログラムを調べて、マッサージ師のところに行ってひっぱられたり、たたかれたりした。次にサウナ。そのあとジムで朝のエアロビクスのクラスに出た。

ジェームズはすでに来ていた。クラスはとても長い脚をした、どきっとするほど美しいスタイルをしたブロンド女性が指導していた。アガサは息を切らし、汗をかきながらも、ジェームズの視線がずっとクラスを指導している美人に吸い寄せられているのに気づいた。さっきまで一週間滞在したがっていたのに、急にここから一刻も早く出たくなった。クラスが終わると、ジェームズがブロンドのインストラクターとしゃべっているあいだ、所在なげにそばに立っていた。

貧弱なサラダランチとフルーツジュースをとりながら、ジェームズは自分のプログラムを眺めた。「初日にしては楽勝だったな」彼はいった。「午後はあまり予定が入ってない。泳ぎに行く？」

アガサはふいに自分の姿と、あのインストラクターのまばゆい肉体を頭の中で並べてみた。彼女は首を振った。「調査を続けるんだと思ってたわ」

「そうとも」ジェームズはのんびりといった。「でも、きみはしばらく滞在したがっているのかと思っていた」

「ミスター・アダーがあそこにいて、こっちを嫌な目つきでちらちら見てるわよ」

「アガサ、そんなの信じないよ。エアロビクスのクラスがきつすぎていやになったんだね」

「ちっとも。ちょっと息があがっただけよ」

「アダーのことは心配いらない。ここは実に居心地がいいよ」アガサの困惑した顔を見て、ジェームズは笑った。「わかったよ。チェックアウトしよう。どういう口実にしようか？」

「わたしが気むずかしいってことにすればいいわ。気まぐれな女性だって。妻の気が変わったといえばいいわよ」

「それならうまくいきそうだ。食べ終えたら、部屋で荷造りをしていて。わたしはミスター・アダーと話をしてくるよ」

ミスター・アダーとの話はジェームズが予想していたよりもむずかしくなった。彼はジェームズの気まぐれな妻についての説明を無言で聞いてから、こういった。

「お金はお返しできません」

「まさかそんなことは期待していませんでしたよ」ジェームズは明るく答えた。

ミスター・アダーは顔を近づけた。「共依存関係のセラピーについて耳にされたことはありますか？」

「なんですって？」

「カウンセリングをお受けになったらいかがでしょう、ミスター・パース？　われわれはお客さまに最高のおもてなしを提供したいのです。それには肉体の健康ばかりか、精神的健全さに対する配慮も含まれています。あなたは良好な健康状態に見えるにもかかわらず、夜中に階段を上り下りさせる女性と結婚していらっしゃる。ここを出ていくという奥さまの気まぐれに、異も唱えず同意したことに驚きました。あなたは人質になっているんですよ、ミスター・パース」

「いいえ、アガサとわたしはうまくやっていますよ」

ミスター・アダーはかがみこんで、ジェームズの膝をたたいた。

「あなたがいつも彼女の望むとおりのことをしているからでしょう、ちがいますか？」ジェームズはずる賢そうな表情を作った。「実は、妻の財産のせいなんです、わかるでしょう」

「で、財布のひもを握られているので、奥さまの望むことに何でもかんでもあわせているんですか？」

「いけませんか？」ジェームズは食ってかかった。「もう若くなれないんだ。この年じゃ、いまさら仕事を探すこともできない」

不快そうな表情がミスター・アダーの顔をよぎった。

「奥さまのいいなりになってお金をもらうことを選ぶなら、わたしにして差しあげられることは何もありません。それにしても、外見と中身がこれほどちぐはぐな男性には会ったことがありませんよ。あなたは誰の脅しにも屈しない、高いモラルと揺るぎない自信をお持ちの強い人間だとばかり思っていました」

「いささか礼儀知らずですよ、ミスター・アダー」

「失礼しました。ただ、助けになりたかったので」

ジェームズは立ちあがると二階の部屋に逃げ帰った。そして、いまや自分は妻のいいなりになっている第一級のたかり屋だと思われている、と尾ひれをたっぷりつけてアガサに報告した。

チェックアウトすると、エアロビクスのインストラクターのあのブロンド美人が、ジェームズに別れをいうために玄関まで見送りにやって来たので、アガサは不機嫌になった。何を話しているのかしらと思いながら、彼女は車の中でいらいらしながら待っていた。ジェームズがノートをとりだし、何かを書きつけるのが見えた。あの女の電話番号？　アガサの嫉妬心が燃えあがった。ジェームズはもうアガサのものではなかったから、あらゆるブロンド女がマニキュアを塗った爪で彼をひっかけようと狙っていた。ジェームズが会話を終えて戻ってきたときには、アガサは泣きたい気分になっていた。

ようやくジェームズが運転席に乗りこんできた。「何をしゃべっていたの？」アガサはできるだけさりげない口調でたずねた。

「ああ、どうでもいいことだよ。まっすぐロンドンのチャールズ・ストリートの住所に向かったほうがよさそうだ」

ロンドンまでの車中はほぼ完全な沈黙に支配された。アガサは無益な感情と闘っていたし、ジェームズは物思いにふけっていた。

二人はベーカリー・スクエアから少し入ったチャールズ・ストリートに行ったが、空振りに終わった。ミセス・ゴア＝アップルトンはそこに住んでいたことがなかったのだ。

「彼女が〈ハンターズ・フィールズ〉の支払いをしたのは小切手？　それともカード？」アガサがたずねた。

「いや、現金だ。記録に残ってたよ」

「残念。これからどうする？」

「今夜はカースリーに戻ろう。それから明日サー・デズモンド・デリントンを訪ねてみよう」

その晩、アガサは眠れなかった。ジェームズがエアロビクスのインストラクターと話しながら、あのノートに何を書いたのか探りだそうと決心した。

ジェームズが眠るのを待って、そっと彼の部屋に忍びこんだ。月光で明るく照らされていたので、ズボンが椅子の背にかけてあるのが見えた。尻ポケットからあのノートの端がはみだしていた。

ベッドで眠っている姿を用心深く片目で見張りながら、そっとノートをひっぱりだし、部屋に持ち帰った。ノートを開き、最後の書き込みまでページを繰った。愛ゆえにアガサは読解できるようになっていたが、読みにくいジェームズの筆跡で「共依存治療会」と書かれていた。アガサはびっくりしながらその文字を読んだ。そのあとにロンドンの住所と連絡先の電話番号が記されている。

あの女ったら、とアガサは思った。妻の金に頼っている夫を持った気まぐれで支配的な女性、という触れ込みだったことをころっと忘れていた。

「それで好奇心を満足させられたかな、マダム。わたしのノートを返してもらえる？」ジェームズの声が戸口から聞こえた。

アガサはうしろめたそうに顔を赤くした。「あなたがオフィスで見つけた名前を見ていただけよ」

「ちがうページだ。きみはいばっている金持ちの女性で、わたしは弱虫の寄生虫ってことになっていたんだよ、覚えてるかい？　だからセラピーが提案されたんだ」

「眠っていると思ってたわ」アガサはそう答えるのが精一杯だった。

「すぐ目が覚めるんだ、覚えておいてほしいね」

「ごめんなさい、ジェームズ」アガサはもごもごとつぶやいた。「ベッドに戻っててちょうだい」

4

サー・デズモンド・デリントンはミルセスター郊外のオックスフォード・ロード沿いにある、いかにもコッツウォルズらしいすてきな邸宅に住んでいた。屋敷に近づいたとき、アガサは道のかたわらの木の幹にポスターが貼ってあるのに気づいた。その日、サー・デズモンドの庭園が一般公開されると知らせている。

「いるといいんだが」ジェームズはポスターの矢印に従って歩きながらいった。「お客の案内を地元の女性に任せて、どこかに行ってしまっているのではないことを祈るよ」

いかにも殺人者らしい人を見つけたかったアガサは、サー・デズモンドと会ったとたんにがっかりした。彼は装飾的に刈りこんだ茂みにかがみこみ、その歴史と栽培方法について太ったご婦人に説明しているところだった。彼女は落ち着かなげに巨体をそわそわさせながら、そんなことを質問しなければよかった、と悔やんでいる様子だ

った。サー・デズモンドは地域社会の中心人物のようだった。妻のほうは髪に白いものが交じり、鼻が長く、手足のひょろ長い声の大きな中年女性で、庭園の別の場所でお客と話しこんでいるところだった。レディ・デリントンは肌寒い日なのに、半袖のコットンのプリントドレスを着ていて、肉の落ちたぺたんこのお尻とぺたんこの胸をしていた。茶色の髪にはきつくパーマをかけ、貴族的な鼻はかなり横柄そうに花や木を見下ろしている。まるで自分の許可なしに地面から生えてきたといわんばかりに。

太った女性がサー・デズモンドから離れたので、ジェームズは彼に近づいていった。「塀の上に這わせたあのりっぱなフジに見とれましたよ」ジェームズは話しかけた。

「ああ、あれね」サー・デズモンドは近眼らしく壁の方を向いてまばたきした。「春にはとてもすばらしいよ。どっさり花をつけて」

「うちのフジにはちょっと手こずっているんです。二年前に植えたのですが、ほとんど大きくならず、少ししか花がつかないのですよ」

「どこで買ったんだね？」

「ブレイカム種苗園です」

「あそこか！」サー・デズモンドは軽蔑したように鼻を鳴らした。「あの店では一切買ってはだめだ。妻のヘティはあそこのアジサイをプレゼントされたんだ。一週間で枯れた。どうしてだと思う？」サー・デズモンドはジェームズの胸を長い指で突いた。「根がなかったんだ」

「なんてひどい。今後は絶対にあの店では買いませんよ」

アガサは二人に近づいていった。するとサー・デズモンドがこういうのが耳に入った。「食わせ者だらけだよ。きみはどこから？」

「カースリーです」

「実は一般公開された庭をカースリーまで見に行ったんだ。そうしたらある女性が完全に大きくなった植物を種苗園で買ってきて、それを自分が種から育てたものとして公開しようとしたんだよ。その女性は植物の名前すら知らなかったんだ」

自分自身のやった詐欺の話だと気づいてアガサはきびすを返し、会話はジェームズに任せることにした。

代わりに彼女はレディ・デリントンに近づいていった。「すてきなお庭ですね」アガサは声をかけた。

「ありがとう」レディ・デリントンはいった。「家のそばのテーブルに並べた植物は売り物よ。とてもお安い値段で。それからお茶とケーキもあるわ。うちの家政婦はとてもおいしいケーキを作りますの。人の流れについていってみて。あら、アンジェラ、会えてうれしいわ！」

彼女は背を向けた。アガサは振り返ってジェームズを見た。彼はサー・デズモンドとすっかり話しこんでいた。そろそろカースリーのぞっとする女性の話題は終わったと判断して、アガサは二人に近づいていった。彼らは軍隊の逸話を交換しているところだった。アガサはそわそわしながら、あくびを嚙み殺した。

「ちょうど休憩してお茶を飲もうと思っていたんだ」しまいにサー・デズモンドがいいだした。「いっしょに来てくれたまえ。村の女性たちに任せておけば、てきぱきとこの人混みをさばいてくれるだろう」

ジェームズはアガサを妻のミセス・パースだと紹介した。アガサはジェームズがその偽名をまだ使っていることに驚いたが、ジェームズはアガサがカースリーのガーデニングでずるをした張本人だということを、サー・デズモンドに思いだしてもらいたくなかったのだ。

サー・デズモンドは妻のところに二人を連れていって、紹介した。レディ・デリントンは初対面の二人がお茶に招かれたことがちょっと気に入らないようだった。わたしたちが料金を払ったらきっと喜んだでしょうね、とアガサは思った。

彼らは居心地のいい客間に落ち着いた。窓の外ではフジの緑の葉がひらひらとそよぎ、室内は日差しと影でまだら模様になっている。二匹の眠そうな犬が入り口で立ちあがると、あくびをしながら伸びをしてから、また丸くなり眠りこんだ。レディ・デリントンは暖炉に薪を放りこみ、お茶を注いだ。ケーキはないのね、とアガサは抜け目なく観察した。硬いビスケットだけだった。煙草を吸いたかったが、灰皿は見当たらなかった。

カースリーについての質問に答えてから、ジェームズはゆったりと椅子にもたれて長い脚を伸ばすと、さりげなさを装って口を開いた。

「妻とわたしは〈ハンターズ・フィールズ〉で短期滞在をしてきたところなんですよ」

サー・デズモンドはカップを口に近づけようとしていた。カップを握った手が宙で止まった。「なんだって？」鋭く問い返した。

「あの健康施設ね」妻がいった。「ぞっとするほどお高いんでしょ。ポンフレット夫妻が行ったそうだけど、あの方たちはうなるほどお金を持っていますから」

「だけど、あなた方もいらしたんですよね」ジェームズがいった。「わたしたちの知り合いのミセス・ゴア＝アップルトンとジミー・レーズンと同じ時期に滞在していらしたでしょう」

「そんなところに行ったことはないし、そんな連中のことは聞いたこともない」サー・デズモンドが感情のこもらない声でいった。「では、申し訳ないがそろそろ……」

いきなり彼は立ちあがり、ドアの方に歩いていくと開けた。妻は驚いた様子だったが、何もいわなかった。

サー・デズモンドが怒ったように庭園に出ていったので、そのあとをジェームズとアガサはついていった。するとサー・デズモンドはくるりと振り返った。

「おまえたちのようなクズにはもううんざりだ。一ペニーだって出すつもりはないぞ」

サー・デズモンドはさっと背を向けると、驚いている二人組の見学者を押しのけて、屋敷の角を曲がって姿を消した。

アガサは追いかけようとしたが、ジェームズが引き留めた。

「別の女性とあそこにいたにちがいない、奥さんじゃない人と。放っておこう、アガサ。誰かに恐喝されていたんだよ。たぶんジミーに。そろそろビル・ウォンにわかったことを報告しなくては」

家に帰るとビル・ウォンに電話をして伝言を残したが、彼にまた会ったのは翌日だった。

ビルは午後になってやって来た。アガサがドアを開けたとき、いまいましいマディがパトカーの中にいるのが見えた。ビルはアガサのあとからリビングに入ってきた。

「コーヒーは？」ジェームズがたずねた。

「いえ、けっこうです。あまり時間がないので。どういう件でぼくに会いたかったんですか？」

二人は調査したことについて説明し、サー・デズモンド・デリントンを訪ねたことで話をしめくくった。

ビル・ウォンのぽっちゃりした顔が険しくなった。

「ぼくはひと晩じゅうそこにいたんです」ビルは重苦しい口調でいった。「サー・デズモンドは亡くなりました。銃の事故のように見えます。クリーニングをしているときに、ショットガンが暴発して。しかし、いいですか、彼は真夜中にクリーニングをしていたんです。それに、今の話を聞くと、彼はジミー・レーズンがやりかけたことをあなたたちが引き継いだと考えたんじゃないでしょうか。午前二時にその健康施設の所長をたたき起こして事実確認をしました。サー・デズモンドはジミー・レーズンが滞在していたのと同時期に、レディ・デリントンと名乗る女性といっしょに泊まっていました。本物のレディ・デリントンが全財産を握っているんです。彼女に離婚されたら、彼は文字どおり一文なしになったでしょう。一年間にわたり、サー・デズモンドはひと月に五百ポンドを誰かに支払い続けていました。たぶんジミー・レーズンが酒を断っていた時期ですね。やがて支払いは止まりました。彼は地域社会での人望を誇りに思っていた——地元の治安判事もしていましたし。あなたたちお節介な二人組が、彼を殺したかもしれないと思いませんか？」

「ああ、まさか」ジェームズは恐怖にすくみあがった。「たぶん事故なんだろうね？」

「どうして真夜中に銃をクリーニングするんですか？　しかも、あなたたちが訪ねた夜に？」ビルは疲れた声でいった。「警察の仕事に首を突っ込むのは危険ですよ」

ジェームズはアガサのひきつった顔をちらっと見た。「実は、こうした情報を洗いざらい、きみに話そうと思っていたところなんだ。そうしたらどうなったかな？　きみはまず健康施設に行き、それからサー・デズモンドを訪ねるだろう。レディ・デリントンだといった女性の人相を、きみは施設で確認するだろうか？　おそらく訊かないだろう。だからサー・デズモンドに話を聞きにいったら、彼は妻にすべて露見すると考え、たぶん同じ結果になっただろう」

「ぼくたちもそのことは考えました。でもマディは、恐喝者の二人組が現れたときほど、ショックは大きくなかったはずだと指摘しています」

「んもう、マディがこういった、マディがああいった」アガサが涙交じりにからかった。「彼女のおケツから後光が射してるとでも思ってるんでしょ！」

　男性は二人とも仰天して言葉を失った。アガサは真っ赤になった。

「二階に行って、メイクでも直したほうがいいよ」ジェームズが穏やかにいった。アガサが部屋を出ていくと、彼はビルに説明した。「アガサはミルセスターのパブで、きみとマディの不愉快な会話を聞いてしまったんだ。きみたちが話している後ろがトイレだった。マディはきみをたきつけて、わたしたちが知っていることを探らせようとしたんだろ。アガサについてのマディの言葉は、とても侮辱的だと思う。アガサがあんなに傷ついていなくて、わたしが彼女に同情していなかったら、もっと早くこうしたことを残らずきみに話していただろう。友情は……」とジェームズはもったいぶっていった。「貴重なものだ。きみは捜査の一環としていずれアガサを訪ねるつもりだ、とマディに答えればよかったんだ。マディはきみを利用して、よりたくさんの事実を見つけ、彼女が事件を解決するのに役立てようとしているんだよ。そうは思わないか？」

「そんなことありません」ビルは熱くなって反論した。「まったくちがう。彼女は勤勉で良心的な刑事です」

「ほう、そうかな？　ともかく、サー・デズモンドの死についての疑問に戻ろう。彼の妻が財布のひもを握っていた。だとすると、月に五百ポンドの金をどうやって妻に知られずに捻出していたのか。それが恐喝に対する金で、若い愛人への金じゃないとしても」

「レディ・デリントンの家族信託から毎月収入があったんです。気前のいい額でしたが、サー・デズモンドは目立たないものの実は贅沢なライフスタイルを送っていたんですよ。たとえば狩りにも金がかかるし、ジャーミン・ストリートで仕立てるシャツや、サヴィル・ロウで注文するスーツはいうまでもありません。レディ・デリントンは彼の銀行口座をまったくチェックしなかったんです。毎月支払い超過になっていました。そのことは彼女にとって意外だったようです」

「すると、きみたち鈍感な警官は奥さんに愛人のことを知らせたんだね。レディ・デリントンはどう受け止めていた？」

「冷淡でした。『馬鹿な好色じいさんね』といってましたよ」

「それでサー・デズモンドを誘惑した女性は何者だったんだ？」

「サー・デズモンドの下院議員の友人の秘書です。彼女に連絡をとろうとしているところです。今、バルバドスで休暇を過ごしているようで。ヘレン・ウォリックという名前です。若くはありません。ブロンドで、四十代ですね」

「結婚は？」

「してません」

「じゃあ、彼女への恐喝はなかったのかな？」

「今後の調べを待たないと。ウォリックはきちんとした仕事をしているし、離婚裁判で注目を浴びたくなかったのかもしれませんね。ねえ、アガサと話したいんですが。立ち聞きしたことは、実際にいわれたことよりもひどく聞こえるって相場が決まっていますから」

「しばらくそっとしておいてあげてほしい」ジェームズはそっけなくはねつけた。

「わたしから彼女に話してみるよ」

「ともかく、ぼくに黙って、これ以上探偵ごっこをしないでくださいよ。というか、もう捜査には一切介入しないでください」

ビルは家を出ていき、車に乗りこむとマディの隣にすわった。「ねえ、あのお節介な二人組にどう思っているか、いってやった？」マディがたずねた。

「ぼくはうしろめたく感じているんだ。アガサはパブでぼくたちの会話を聞いていたんだよ。彼らの知っていることを探りだすようにって、きみがぼくに頼んでいたときに。アガサはきみの辛口の意見も耳にしたらしい」

「あら、いい気味よ」マディは肩をすくめた。

初めてビルの頭は欲望と愛を区別した。ほんの一瞬、ビルはマディをそもそも好きだったのだろうかと疑問に感じた。しかし彼女が黒いストッキングの脚を組むと、欲望がわきあがり、ふたたびあらゆる感情は正当化されロマンスしか見えなくなった。


アガサはリビングに戻ってくると、疲れた声でいった。「ビルはもう帰ったの？」

「ああ、それにきみを傷つけたことで、とても申し訳なく思っていたようだよ」ジェームズはアガサを眺めた。顔からはメイクがこすり落とされ、古いセーターとだぼっとしたスカートを身につけ、フラットヒールの靴をはいていた。ジェームズは日頃から女性は顔にぶ厚いメイクを塗りたくる必要がないと考えていたが、ハイヒールとメイク、フランスの香水に十デニールのストッキングで装ったアガサを恋しく感じていることに気づいた。結婚式の日にあんな赤っ恥をかかされたことに関しては、アガサを許していなかった。心のどこかで、アガサのことは永遠に許せない、だから彼女と二度とロマンチックな関係にはなりたくないと思っていた。それでも、こんなに落ちこんで、意気消沈している彼女は見たくなかった。

「ビルはいつものように、首を突っこむなといっていたよ。だけど、調査を続けよう。それできみも元気が出るよ。今日はのんびりして、明日、リストの次の人物、ミス・ジャネット・パーヴェーに会ってこよう」

「そして、彼女も自殺したら？」

「ねえ、アガサ。サー・デズモンドの不倫はどっちみちいつかばれただろうし、その結果は同じだったよ。今夜は外にディナーに行かないか？」

「どうしようかしら。わたし、カースリー婦人会の人たちとアンクームに行くと約束しちゃったの。アンクームの女性たちがもてなしてくれることになっているの。コンサートを披露してくれるんですって」

「ほう、田舎のお楽しみだな。楽しんできて」

「アンクーム婦人会で楽しむ？　冗談はやめて」

「じゃ、どうして行くんだい？」

「ミセス・ブロクスビーが行ってほしがっているから」

「ああ、そういうことか……」

アガサは敬虔な信徒ではなかった。しばしば、自分は神をまったく信じていないのかもしれないと思うことがあった。しかし迷信深かったので、ボグル夫妻をアンクームまで車に同乗させてほしいとミセス・ブロクスビーに頼まれると、サー・デズモンドの死に対する天罰がいよいよくだりはじめたのだ、とひそかに思った。

「実はね、アガサ」ミセス・ブロクスビーは申し訳なさそうに切りだした。「あなたが来る前に帽子に名前を入れてくじを引いたら、あなたはボグル夫妻の担当になったの。アンクームはそれほど遠くないわ、せいぜい五分の道のりよ」

「わかったわ」アガサは憂鬱そうに答えた。

アガサは公営住宅にあるカロデンと命名されたボグル夫妻の家に寄った。公営住宅の大半の住人と同じく、彼らはこの家を購入したのだった。こんな場所にわたしが住めるなんて、どうしてジェームズは思ったのかしら？　たしかにちゃんと建てられた石造りの家だったが、まったく同じ家がずらっと並んでいた。アガサは不機嫌そうに家を見上げた。ドアが開き、まずミセス・ボグルのがっちりした体、そのあとから夫が現れた。

「一日じゅうそこにぼうっと突っ立っているつもり？」ミセス・ボグルががみがみいった。「わたしに手を貸しておくれ」

アガサはため息を押し殺すと、進みでてフライドポテトとラベンダーの強烈な臭いをさせているミセス・ボグルの体を支え、車の方に連れていった。

夫妻は後部座席にすわり、アガサはお抱え運転手のように運転席にすわった。車を発進させようとすると、ミセス・ボグルがアガサの背中を突いた。

「あんたみたいな人間とは、いっしょに行きたくないんだけどね。ミスター・レイシーも気の毒にねえ。とんでもない赤っ恥をかかされたもんだ」

アガサは頬を紅潮させながら、くるりと振り向いた。「お黙り、この意地悪ババア」アガサは罵った。「黙っていられないなら、歩いてちょうだい」

「ミセス・ブロクスビーにいいつけてやる」ミセス・ボグルはぶつぶついったが、アンクームへのドライブのあいだは口を閉ざしていた。

アガサはアンクームの教会ホールで車からボグル夫妻を降ろして先に中に行かせると、カースリー婦人会の議長ミセス・メイスンや、書記のミス・シムズ、ミセス・ブロクスビーたちに合流した。「ボグル夫妻をさっさと降ろしたのね」カースリーのシングルマザー、ミス・シムズがいった。「心配しないで。前回、あたしもそうしたから」

「あなたが車を持っているなんて知らなかったわ」アガサはいった。

「パトロンが買ってくれたの。もっとも不倫の代償にもならないわよ。ポルシェじゃなくて、錆びてオンボロのルノー5だもの」

アガサはミセス・ブロクスビーにたずねた。「わたしのコテージを買った女性は婦人会に入ったの?」

「入会してくださいって頼んだのよ」牧師の妻はいった。「でも、わずらわされたくないって、ドアを鼻先でぴしゃりと閉められたわ」

「嫌な性格ね」アガサはいった。「ああ、コテージを売らなければよかった! でも別の家を探したほうがよさそうね。ジェームズの家で、いつまでもスーツケースひとつで暮らすわけにはいかないから」彼女はホールに入っていった。

「まあ驚いた」ミス・シムズはアガサの姿が見えなくなると、歯についた煙草の葉をとりながらいった。「遅かれ早かれ結婚式が行われるとばかり思っていたわ」

アガサの家の掃除をしていたドリス・シンプソンが会話に加わった。「気の毒なアガサ。元の家をとっても恋しがっているんです。わたしは掃除が恋しいわ」

「じゃ、ミスター・レイシーのところをお掃除したら?」ミス・シムズが提案した。

「いいえ、あの人は自分で掃除するんです。男性のくせに珍しいですよね、はっきりいって」

「以前、そういう男とつきあってたわ。あたしを捨てて、別の男性とくっついちゃったけど」ミス・シムズがいった。「いかにもゲイって感じよね」

「ミスター・レイシーにはそういう嗜好はないと思うわ」ミセス・ブロクスビーが反論した。

「わからないですよ。かなり年をとるまで秘密にしておく人もいますから。で、急に『これが人生だ』とかいいだして、妻や子どもの人生をめちゃくちゃにする《バガー》んです」ミセス・シンプソンがいった。

「アナルセックス《バガー》とはうってつけの言葉よね」ミス・シムズはいうと、けたたましい笑い声をあげた。

「中に入りませんか、みなさん？」牧師の妻が静かにいった。

コンサートは歌と寸劇から構成されていた。素人の出し物の常だったが、ステージの歌い手はか細い声で、アンドリュー・ロイド・ウェバーのミュージカルから選んだ曲を歌った。高音では音が細くなり、低音では音が消え、中間では甲高い声になった。《アルゼンチンよ、泣かないで》は、ブタを失神させそうな歌唱だ、とアガサは苦々しく思った。

いつも退屈なイベントに出席したときは、アガサは猫の待っている自分のコテージに帰るのを楽しみにしながら時間をやりすごすことにしていた。しかし、いまや戻れるのはジェームズのコテージしかなかった。あそこでは彼の秩序正しい生活の端っこに、お情けで置いてもらっているような気がした。

ハーディって女はまったくいまいましいわ、とアガサは心の中で毒づいた。それから、あっと声をあげそうになった。ミセス・ハーディ、彼女が犯人だという可能性もあるわ！　どこから来たのか誰も知らないのだ。どういう人間なのかわかったものじゃない。それに彼女が村に来たとたん、ジミー・レーズンが死んだのは偶然の一致だろうか。アガサは残りのコンサートがほとんど耳に入らなかった。すぐにでも家に帰り、ジェームズに自分の抱いた疑惑について話したかった。しかし、そのあとにはお茶が出されたし、文句を垂れているボグル夫妻を家に送らねばならなかった。

自由の身になったときには、見事な閃《ひらめ》きは疑問点だらけになっていた。しかし、それでもジェームズに疑惑について話した。ほっとしたことに彼は真剣に耳を傾けてくれ、こういった。「あの女性のことはわたしも気になっていたんだ。でも彼女に話しかけてみようとしてもむだなようだね。控えめにいっても、話し好きとは思えないから」

ドアベルが鳴り、アガサが玄関に出た。ミセス・ブロクスビーが立っていた。

「どうぞ」アガサはいった。

「ゆっくりしていられないの。はい、スカーフを持ってきたわ。ホールに忘れていたから。実はミセス・ハーディから鍵を受けとりに来たの。ロンドンにいるあいだ、なぜかわたしにスペアキーを預けたいといわれて。警官のフレッド・グリッグズに預けたほうがいいと勧めたんだけど、そうしたくないんですって」

「いつ出発するの？」アガサはたずねた。

「そろそろじゃないかしら。もう行ったほうがよさそうね」

アガサはスカーフの礼をいうと、考えこみながら室内に戻った。

「ニュースがあるの」アガサはいいながらジェームズの向かいに腰をおろした。「例の女性、ハーディがロンドンに出かけるのよ。スペアキーをミセス・ブロクスビーに預けていったわ。家の中をのぞいたらおもしろいと思わない？」

「ミセス・ブロクスビーにスペアキーを貸してくれというのはまずいだろう。それに真っ昼間に錠前破りはしたくないよ」

「だけど、わたしはコテージの鍵をひと組持っているのよ。スーツケースに入ってたの」

「すでに鍵を替えてないかな？」

「必要に迫られなければ、わざわざ余分な費用はかけないんじゃないかという気がするわ。ああ、考えてみて、ジェームズ、彼女がミセス・ゴア＝アップルトンだとわかったら？」

「あまり期待しすぎないほうがいいよ。でも、彼女についてはもっと知りたいな。誰にも見られずにどうやって家に入れるだろう？　この村では、いてほしくないときに限って、いつも誰かしらうろついているような気がするからね。それに真夜中までは待てないよ。ミセス・ブロクスビーはいつ彼女が戻ってくるかいってたかい？」

「いいえ。ただ、わたしは裏口の鍵を持っているの。だから、外に出て、あなたの庭のフェンスを越え、それからわたしの――というか彼女の家のフェンスを越えて庭に入ればいいのよ」

「わかった。わたしは外に出て前庭の草むしりをしながら、彼女が出ていくのを確認しよう」

三十分後、ジェームズは深く花壇にかがみこみながら、ミセス・ハーディは気を変えたのかもしれないと思いはじめていた。だが、しばらくして腰を伸ばすと、ライラック・レーンを走っていく車のハンドルの前にいかつい彼女の顔が見えた。努力は報われたのだ。ジェームズは立ちあがって首を伸ばした。車のエンジン音が遠ざかっていくのが聞こえた。さらに車が丘を上り、カースリーから出ていくのも見えた。

彼は家の中に入っていった。「急いで、アガサ。行こう」

アガサはジェームズの庭のフェンスをよじ登りながら、探偵は中年女性にとってはあまりにもきつい仕事だわ、と心の中でぼやいていた。ジェームズは軽やかに自宅のフェンスを越え、彼の庭とミセス・ハーディの家のあいだの細い通路を横切ると、すでに向こうのフェンスを登りかけていた。

手を貸さなくてもアガサは当然自分のあとからよじ登ってくるものとジェームズが考えていることに、彼女はカチンときた。まるで男性のように扱われている気がした。ふいにジェームズにもう一度注目してもらいたくなった。男が女を見るときのように、きちんと目を向けてもらいたかった。ミセス・ハーディのフェンスのてっぺんに上がったときに、助けてと叫んでみようかと考えた。彼は両腕をアガサに差しのべ、彼女はその腕の中に飛びこむだろう。そして目を閉じて、ささやく。「ジェームズ、ああジェームズ」

「助けて！」そっと呼びかけた。とたんにフェンスの反対側に落ち、よろめいて、顔から花壇に突っこんだ。アガサは立ちあがると、顔をしかめた。ジェームズは彼女が描いていたロマンチックな筋書きなどにはまったく気づかず、キッチンのドアの鍵を開けているところだった。アガサは心の中で頭を振った。もう彼を愛していない、と自分にいいきかせた。恋に落ちて、頭の中がまばゆい夢でいっぱいになっていることに慣れきってしまったのだ。夢がなくなってみると、残ったのは自分だけだった。でもアガサは自分自身をあまりいい相棒とは思えなかった。

裏口に向かいながら、庭を見回した。雑草だらけで、手入れがされていないようだ。家に入ると、アガサはキッチンを眺めた。どこもかしこも殺菌したかのように、ピカピカに磨きあげられている。冷蔵庫を開けた。ミルクのボトル一本とバターしか入っていなかった。冷凍庫を開けようとしたとき、ジェームズが背後からしかりつけた。

「彼女が何を食べているかじゃなくて、どういう人間かを調べに来たんだぞ」

アガサは彼のあとからリビングに入っていった。自分もあまり趣味はよくないと自覚していたが、かつては居心地のよかったリビングを見回しながら、自分のコテージが一種のレイプを受けたかのように感じた。床にはマッシュルーム色のじゅうたん。マッシュルーム色のベルベットのソファ三点セットの腕木にはゴールドの房飾りがかけられ、座面につけられたゴールドのひだ飾りの下からは、ずんぐりしたソファの脚がのぞいている。低いガラスのコーヒーテーブルは冷たく輝いていた。写真一枚、本一冊すらなかった。かわいらしい暖炉はレンガでふさがれ、その前に偽の炎が燃える電気ストーブが置かれていた。

「ここには何もないな」ジェームズはいった。「二階に行ってみよう。きみは彼女が帰ってきたらわかるように、一階にいたほうがいい」

アガサは喜んでそれに従った。コテージの他の部分をミセス・ハーディがどんなふうに変えてしまったか見たくなかったのだ。アガサは窓辺に行き、外をのぞいた。すでに秋がやって来たようだ。門のわきのライラックのやぶのあたりに、うっすらと霧が出ている。茅葺き屋根からは陰鬱な音を立てて水が滴り落ちていた。

ふとアガサは、なぜ自分は田舎で暮らしているのだろう、と思った。それは秋になると胸にわきあがる思いだった。問題はコッツウォルズの霧なのだ。去年の冬はさほどひどくなかったが、その前の冬は最悪で、買い物をするためにはフォグライトをつけ、モートン・イン・マーシュやイヴシャムまで這うように車を運転しなければならなかった。ときにはちゃんと道を走っているのかどうかすらわからなくなり、夜に車で帰ってくるときは、霧が後ろ足で立ちあがったり、高い柱になったり、次々に形を変えるように思えた。じっと霧をのぞきこんでいると目が痛み、どうか風が霧を吹き散らしてくれますようにと祈りながらハンドルを握っていた。

ロンドンにはまばゆい照明がついた店、地下鉄やバス、劇場や映画館があった。もちろん、オックスフォードまで行けば、そうしたすべてが手に入った。しかし、オックスフォードまでは五十キロ近くある。五十キロの霧の立ちこめた道だ。

ジェームズが声をひそめて呼ぶ声が聞こえた。「上がってきたほうがいいよ」

アガサは階段を駆けあがった。

「ここだよ」ジェームズが叫んだ。「主寝室だ」

部屋は大きな四柱式のベッドに占領されていた。モダンな四柱式のベッドだ。

「どうやってこれを二階まで運びあげたのかしら?」アガサは目を丸くした。

「それはどうでもいい。これを見てごらん。何にも触らないで。あとで見つけたとおりに戻すつもりだから」床には書類が散らばっていた。アガサは膝をつき、じっくり眺めた。謎のミセス・ハーディが行方不明のミセス・ゴア＝アップルトンだという期待はたちまち消えた。

出生証明書があった。メアリー・ベクスリー、一九四一年シェフィールドで出生。それから結婚証明書。メアリー・ベクスリーはジョン・ハーディという男と一九六五年に結婚していた。ジョン・ハーディの死亡証明書。一九七二年に亡くなっている。

メアリー・ハーディ名義の預金通帳と取引明細書。写真もあったが、どれも退屈なものばかりだった。亡きミスター・ハーディは電子機器メーカーの重役だったようだ。会社の式典でのミスター・ハーディの写真。子どもはいない。

「じゃ、これで行き止まりね」アガサはがっくりしながら立ちあがった。ジェームズは慎重にすべてを元に戻した。

「明日、ミス・ジャネット・パーヴェーにあたってみよう」ジェームズはいった。

ミス・ジャネット・パーヴェーは健康施設のすぐそば、アシュトン・ル・ウォールズに住んでいた。濃い霧に包まれた、まどろんでいるような村だった。田舎に行けば行くほど、霧はなかなか晴れなかった。コテージの塀から遅咲きのバラがしだれ、秋の初霜にやられた黒ずんだホウセンカが花壇で枯れていた。木々は紅葉しはじめている。アシュトン・ル・ウォールズの村では鳥の陰気な鳴き声しか聞こえず、アガサとジェームズ以外には、霧の中で生きている人も動物もいないように思えた。

この一年も終わりかけている今、アガサは自分が惑い、独りぼっちで、愛を失ったことをしみじみと感じた。彼女とジェームズをつなぎとめているのは、この探偵まがいの調査だけだった。いったんこれに決着がついたら、二人のあいだにはこれまでになく距離ができるだろう。一度もベッドで抱き合ったことなどないかのように。

学生時代に習った詩がふいに頭に浮かんだ。

西風よ、おまえはいつ吹くのか
小雨は降っている、まだしとしとと——
ああ、愛する人がわたしの腕の中にいてくれれば
また、わたしのベッドに来てくれればいいのに！

風が霧やもやを吹き飛ばしてくれれば気分も軽くなるのに、とアガサは思った。秋が頭の中にいすわっているような気がした。闇と枯れ葉と、衰えと老いというぞっとする亡霊が。

ミス・パーヴェーは村の中央にある梨の木という名前のコテージに住んでいた。他の小さなコテージと連棟式になった一軒で、暗く秘密めいていて、霧の中に明かりは見えなかった。

アガサはジェームズにミス・パーヴェーの年齢を訊いておかなかったので、ジェームズが心を奪われるような洗練されたブロンド女性だったら、と不安になった。

ミス・パーヴェーが玄関を開けたときにアガサがまず感じたのは、安堵だった。次に、なんて野暮ったいおばあさんかしら、というさげすみの思いだった。

アガサと同じように、中年の人間は老人に対して非常に残酷になる。おそらく、自分の近い将来を目の当たりにするせいだろう。たしかにミス・パーヴェーはまだ七十歳ぐらいだったが、ポパイのような口、低い鼻、パチパチまばたきする涙目、きつくパーマをかけた白髪頭というみっともない外見だった。顔はしわだらけで、くすんだ土色。資産家の女性であっても、歯がないせいで顎のラインがしぼみ、薄い唇がたるんでいるのを見かけるのは、イギリスだけだわ、とアガサは思った。彼女たちは義歯でなく、あえて歯を抜くことを選んだのだ。いまだにここイギリスは、歯が悪いか、歯がまったくないか、という人しかいない旧態依然とした国だった。

「記者はお断りよ」ミス・パーヴェーは朗々とした声でいった。

「わたしたちは記者じゃありません」ジェームズがいった。「ここにマスコミが来たんですか？」

「いいえ、でも警察が失礼な質問をさんざんしていったから。あなたたち、エホバの証人の方？」

「いいえ、わたしたちは――」

「何かを売りつけるつもり？」

「いいえ」ジェームズがいらだたしげに答えた。

「じゃあ、何なの？」ドアが少し閉まりかけた。

「わたし、ミセス・アガサ・レーズンと申します」アガサがいいながら、ジェームズの前に進みでた。

「殺されたあの男性の未亡人？」

「ええ」

「そう、本当にお気の毒に。でも、お力になれないわ」

ジェームズがあとを引き継いだ。「いえ、あなたなら助けていただけると思うんです、ミス・パーヴェー。わたしの見たところ、とても魅力的で知的な女性に思えますから」彼がにっこりすると、ミス・パーヴェーは急に笑顔になった。「われわれはミセス・レーズンのご主人が健康施設で何をしていたかについて知りたいと思っているんです。警察の無味乾燥な報告書ではなく、非常に観察力のあるレディを求めているんですよ」

「それなら……」彼女はためらった。「おまえは普通の人なら見過ごすようなことにも気がつくって、母によくいわれていたわ。どうぞ入ってちょうだい」

アガサはあわててジェームズのあとに続いてコテージに入った。ミス・パーヴェーはアガサの鼻先でドアをぴしゃりと閉めかねないと思ったのだ。

コテージは外に劣らず暗かった。リビングの暖炉では小さな火が燃えている。そこらじゅうに写真が飾られていた。いくつも置かれたサイドテーブルの上、隅のアップライトピアノの上、マントルピースの上。もはや記憶のかなたに消えかけた、晴れた日に撮られた古い写真の数々。

「それで」と腰をおろすと、ジェームズが切りだした。「ミスター・レーズンとは話をしましたか？」

「ちょっとだけ」とミス・パーヴェー。「はっきりいって、ああいう人があんな高級な健康施設にいることに驚いたわ」

「しかし、彼と会ったんですね。彼の印象はどうでしたか？」ジェームズがたずねた。

ミス・パーヴェーは額に人差し指を押し当て、『不思議の国のアリス』のドードー鳥そっくりに顔をしかめた。「みんなにとても愛想がよかったわ。あちこちでおしゃべりして、食事のときはテーブルからテーブルへ歩き回って。笑い声がやけに大きかったわね。服は上等だったけど、似合っていなかった。紳士とはいえなかったわ」

「そしてミセス・ゴア＝アップルトンは？」

「彼女はちゃんとしている人のように見えたわ。だけど、あんな信じられないような金色に髪を染めるには年をとりすぎていたし、エクササイズ用のウェアは派手すぎたわ」

「彼女はミスター・レーズンと恋人同士だったんですか?」ジェームズが質問した。

「おそらくカップルだったわね。ミスター・レーズンが夜中にミセス・ゴア＝アップルトンの部屋に入っていくところを見かけたから」ミス・パーヴェーの唇が非難がましく内側にたたまれたので、唇は顔のしわに埋没してしまった。

「だけど、あなたは個人的には彼と関わりを持たなかったんですか?」アガサが口をはさんだ。

「実は……ええと……誘いをかけてきたの。それが最近の言い方でしょう? だけど、その誘いに乗るつもりはなかったわ」

アガサもジェームズも同時に同じ考えが浮かび、言葉を失った――相手がどんな男であれ、ミス・パーヴェーが誘いを拒絶するとは想像できない。ジェームズを見る目つきはやけに熱っぽかったし、しじゅう手を伸ばしては彼の腕に触れていた。「でもそれから」とミス・パーヴェーは続けた。「彼はレディ・デリントンに、というか、どうやら実はレディ・デリントンじゃなかった女性に関心を移したの。ああいう健康施設はモラルの崩壊を助長しているようね」

「警察は恐喝について何か口にしていましたか？」ジェームズがたずねた。

「ええ、いってたわ。だけど、申し上げておきますけど、最近の世の中にもレディは存在するのよ」ミス・パーヴェーの視線がつかのまアガサに向けられた。まるでレディの区分から彼女をはじこうとするかのように。

「彼が恐喝していたかもしれない人をご存じですか？」アガサの口調は嫌悪のあまりげんなりしていた。

「レディ・デリントンと名乗っていた女性を恐喝していたかどうかは知らないわ。でも、ミセス・グロリア・コンフォートという女性がいたの。あの男は彼女につきまとっていたわ。ミセス・ゴア＝アップルトンは気にしないようだったけど」

「ミセス・ゴア＝アップルトンはどういう人だったんですか？」アガサはたずねた。

「外見じゃなくて、性格ですけれど」

「そうね、申し上げたように、彼女はレディだったわ」ミス・パーヴェーはしぶしぶ認めた。またもやその目がアガサに向けられた。「それに服は趣味が悪かったけれど、とても高価なものだった。きれいにメイクして、かなりやせていて、とても健康そうだったわ」では、さよなら、ミセス・ハーディ、とアガサはあのたくましい体つきの女性の姿を思い浮かべながら、心の中でつぶやいた。ミセス・ハーディが行方不明のミセス・ゴア＝アップルトンだったという奇跡的な成り行きをいまだに期待していたのだが。もっとも、それはどうしてもコテージを取り戻したいからだった。

アガサはそわそわしはじめた。いまやミス・パーヴェーに嫌悪を感じていたし、暗く狭いリビングに息が詰まりそうな気がした。

しかし、ジェームズはこの件についてもっと話すつもりのようだった。彼がコーヒーの勧めに応じたので、アガサはぞっとした。ジェームズはミス・パーヴェーのあとからキッチンに入っていき、手伝いを始めた。アガサは写真を眺めながら、リビングを歩き回った。どれもこれも、人生のさまざまな段階にあるミス・パーヴェーの写真だった。若いときの彼女がとてもきれいだったのは意外な気がした。どうして結婚しなかったのかしら？　両親と二人の兄弟らしい人が写っていた。ミス・パーヴェーの社交界デビューの写真があった。当時はまだ社交界デビューのときに女王に拝謁したのだ。では、彼女の家はお金があったにちがいない。キッチンから声が聞こえて、ミス・パーヴェーが気を引こうとするような笑い声をあげた。もうジェームズったら！

二人はいっしょにキッチンから戻ってきた。ミス・パーヴェーの顔はほのかにピンク色に染まっていた。アガサが驚いたことに、ミス・パーヴェーのアガサに対する態度はがらっと変わっていた。アガサにお手製のケーキを勧め、村の暮らしのことや、婦人会でしていた仕事についてしゃべった。「わたしたちのようなレディはね、ミセス・レーズン、世の中に貢献しなくてはならないのよ」

「そうですね」アガサは弱々しく同意した。この豹変ぶりはどうしたのだろう、と不思議だった。ジェームズが、アガサはデヴォンシャー公爵の姪だとミス・パーヴェーにささやいたとは夢にも思わなかったのだ。

「さきほど、ミセス・ゴア＝アップルトンがレディだと申しましたけどね」とミス・パーヴェーが内緒話をするようにいって、しわだらけの手をアガサの膝に置いた。「どこか堕落している印象を受けたの。いいたいことはおわかりでしょ。具体的にこれと指摘するのはむずかしいけれど、なんとなく下卑たところが感じられたのよ。品が悪いというか何というか……。なぜかしら、彼女がとても恐ろしかったわ。キッチンでミスター・レイシーに話していたんですけど、滞在の最後のほうで、向こうがわたしに話しかけるようになりましてね。お金やビジネスの話題から、彼女が慈善団体を主宰している話が出たの。最近はみんなお金の心配をしているようねと彼女がいうので、いいえ、わたしは何の苦労もなくやっていますよ、おかげさまでと答えたわ。慈善団体に寄付してくれないかと頼まれたけれど、ホームレスのための団体だと聞いて断ったの。その人たちがホームレスなのは、自業自得だからって」

アガサがほっとしたことに、ジェームズはミス・パーヴェーの話を聞く気が急になくなったようだった。彼はカップを置いた。

「お茶をごちそうさまでした。そろそろ失礼しなくては」

「あら、もう？　お力になれると思いますけど」

「すでに、もう充分にお力添えをいただきました」ジェームズは礼儀正しくいった。

「ご親切にありがとうございます」アガサは立ちあがって、ハンドバッグと手袋を手にとった。「だけど、わからないのは――」

「わたしの観察力」彼女は叫んだ。「凄腕の探偵になれるでしょ。ねえ、ねえ、ミスター・レイシー」ミス・パーヴェーはいたずらっぽくいった。「もうわたしが名探偵だっておわかりよね！」

「たしかに」ジェームズは早口にいうと、名刺をとりだし、彼女に渡した。「何か発見したら、この住所にいますから」

二人が帰ってしまうと、ミス・パーヴェーは狭いコテージのリビングを行ったり来たりしはじめた。あのハンサムなミスター・レイシーに、あんな目で見つめられるなんて！　窓辺に寄って外をのぞこうと、ガラスをこすった。霧に黄色っぽい光が射している。はるか頭上で、太陽がどうにか霧の隙間から光を届かせようとして必死になっているのだ。

ミス・パーヴェーは急にミルセスターの照明と店が恋しくなった。彼女にはベリンダ・ハンフリーズという親しい友人がいて、ミルセスターのショッピング・アーケードで小さなドレスショップを経営していた。ミス・パーヴェーは彼女に会いに行くことにした。ジェームズ・レイシーがどんなにすてきか、どんな目で自分を見つめたかについて話すことを考えてわくわくした。もちろん、彼はミセス・レーズンといっしょにやって来た。でも、ああいうことがあったあとでも結婚するのかとキッチンで訊いたら、彼は静かにこういった。「今はないですね」そしてわたし、ミス・パーヴェーはミセス・レーズンよりもほんの少し年上なだけだ。

彼女はコートを着て、ミドルクラスのイギリス人女性に愛用されているものの「分別ください」とけなされているフェルト帽をかぶると、フォード・エスコートまで歩いていった。車はコテージの外の道路に停めてあった。

ゆっくりと慎重に車を走らせ、村から数キロのところで二車線の道路に合流すると、追い抜き車線に入った。ただし、怒り狂ったクラクションや背後のドライバーのライトの点滅などどこ吹く風で、ゆうゆうと時速五十キロで走り続けた。

困ったことに、ミス・パーヴェーがミルセスターに近づくにつれ、霧はさらに濃くなりはじめた。彼女は中央広場に駐車スペースを見つけ、車から降りると、ショッピング・アーケードに向かった。ガラスのドアにぶらさがっているこぎれいな札には、「閉店」と記されていた。がっかりして小さく舌打ちした。ミルセスターでは今日、どこの店も午前中だけの営業だということを忘れていた。

神経が昂ぶっていたので、とても家に帰る気にはなれなかった。もちろんベリンダのコテージまで行ってもいいが、コテージがある村は、ミルセスターから自分の家とは反対方向に三十五キロ近く走ったところにあった。

ミス・パーヴェーは映画を観ることにした。ちょうどブルース・ウィリスの《ダイ・ハード》が上映されていたし、ブルース・ウィルスはなかなか男前だ。以前一度観ていたが、もう一度観てもまちがいなく楽しめるだろう。

入り口でチケットを買うと、まだ照明がついている映画館の座席にすわった。あと数分で上映が開始されるはずだった。

ミス・パーヴェーは腰を落ち着けると、バッグからストロングペパーミントの包みをとりだし、ひとつむいて口に放りこんだ。館内にはあまり人がいなかった。体をひねって、誰か知っている人がいないかと眺めたとき、後列のやや左側にいる人間に視線が釘付けになった。前を向くと、座席の中で体をこわばらせた。絶対にあの顔はどこかで見たことがあった。

もう一度体をひねり、大きなよく通る声で呼びかけた。「以前、どこかでお会いしましたよね？」

映画館の案内係のカイリーは五十代で足が悪かった。案内係たちがみな若くて元気いっぱいで、アイスクリームを売り歩いていた時代はもはやはるか昔の話だった。今ではアイスクリームとポップコーンはロビーの売店で買えた。館内では、中年の色香のあせた女性たちが観客を座席に案内したり、館内に誰もいないあいだに貴重品が置き忘れられていないかを調べた。カイリーは中央の列の真ん中あたりに、ぽつんとすわっている人を見つけ、あら、また年寄りの年金生活者が眠りこんじゃったのね、と思った。こういう老人たちには手を焼いている。目が覚めたときに、自分がどこにいるのか、それどころか誰なのかすらわからなくなっている老人もいた。コッツウォルズは高齢者だらけになりつつあった。

身じろぎしない人の後ろから通路を進んでいき、かがみこむと片方の肩を揺すぶった。その人物は横ざまにゆっくりと倒れこんできた。ヒッチコックの映画みたいだ、とカイリーは思った。心臓が口から飛びだしそうになった。カイリーは息をのみ、懐中電灯でその人の顔を照らした。映画館の照明はついていたが、それでも暗かったからだ。

ミス・パーヴェーの飛びだした生気のない目が見つめ返してきた。年老いて骨張った首にはスカーフが巻きつけられていた。

カイリーは足早にロビーに戻ると、仲間の案内係たちに館長を呼んでといい、警察に電話した。チケット売り場の男性には、映画館のドアを閉めて誰も入れないようにと指示した。それから煙草に火をつけて、待った。警察と救急車が到着した。ロンドン警視庁犯罪捜査部、法医学者、さらに鑑識チームがやって来た。

カイリーは何度か同じ話をしてから、警察署に連れていかれ、また一から話を繰り返した。そして供述書にサインした。

パトカーで家まで送ってもらうと、きれいな若い女性警官に、ご心配なく、お茶を一杯飲めば大丈夫と請け合った。

ショックというのは人に奇妙な力をふるうものだ。家に入ると、夫がリビングからよろよろ歩いて出てきた。虫に食われて穴の開いた古ぼけたお気に入りのカーディガンを着ていて、口髭にはゆで卵のかけらがこびりついていた。
「あんたなんか、大嫌い」カイリーは叫ぶと、わっと泣きだした。

5

その晩、ジェームズとアガサは〈レッド・ライオン〉から霧の中を歩いてライラック・レーンに戻った。二人は黙りこくっていた。村人たちは彼らが殺人事件の容疑者ではないと判断したようで、冷ややかな沈黙ではなく温かい歓迎を受けたが、そのあとで、かなり強烈な冷やかしに耐えなくてはならなかった。結婚式の日取りをいつ教えてくれるのかと、みんなにさんざんからかわれたのだ。

ジェームズはアガサと結婚するつもりはないと、口にしたくなかった。そんなことをいったら失礼だからだ。そのとき、率直なアガサがいきなり大声でこう発言したのだった。

「わたしたちはお似合いじゃないの。だから、もう結婚するつもりはないわ。はい、この話はもうおしまい！」

そして、問題をきれいに解決してくれたことでアガサに感謝しつつも、ジェームズはなんとなく公の場でアガサに拒絶されたような気がして、かなり不機嫌になっていた。

アガサはいきなりジェームズの腕をつかんだ。「見て！」彼女は叫んだ。

ジェームズのコテージの玄関にとりつけられた防犯灯の下に、ウィルクス警部とビル・ウォンとマディが立っていた。

「今度は何があったんだろう？」ジェームズがいった。「ああ、神さま、まさかあのミス・パーヴェーまで自殺をしたんじゃありませんように」

二人が近づいてくるのを待って、ウィルクスは口を開いた。

「中で話したほうがいいでしょう」

ジェームズは三人を家に入れた。全員がリビングで立ったままでいた。

「すわりましょう」ウィルクスの浅黒い顔は深刻そうだった。「少し時間がかかるかもしれません。今日ミス・ジャネット・パーヴェーを訪ねましたか？」

「ええ」アガサが答えた。「どういうことなんですか？」

「では、お二人は今日の午後、どこにいましたか？」

「話を進める前に」とジェームズが口を開いた。「本当の理由をいわずに、警察が質問を続けるのは映画の中だけだと思います。ですから、はっきりいってもらえませんか？　どうやらミス・パーヴェーに恐ろしいことが起きたようですね」

ビル・ウォンは細い目でじっと二人の顔を見つめながら口を開いた。

「ミス・パーヴェーは今日の午後、ミルセスターのインペリアル・シネマで絞殺されているのが発見されました。ですから、またおたずねしなくてはなりません。お二人は今日の午後、何をしていたのですか？」

「わかってるはずよ、ビル。わたしたちのどちらも彼女が殺されたことに関係ないって」アガサが叫んだ。

「いいから質問に答えてください」マディがいった。その声はよそよそしく冷たかった。

「たしかに、今朝ミス・パーヴェーに会いました」ジェームズがいった。「わたしたちが話を聞いた限りでは、彼女は恐喝はされていなかったし、健康施設にいるあいだ、ミセス・ゴア＝アップルトンともジミー・レーズンともさほど深い関わりを持たなかったようです。彼女の家を出てから、アンクームのパブに寄ってサンドウィッチを食べ、それからここに戻ってきました。アガサはモートンに買い物をするために出かけ、わたしは家にいました。アガサの留守にミセス・ブロクスビーが訪ねてきて、コーヒーを飲んでいきました」

ビルがアガサに質問した。「モートンで誰かに会いましたか？」

「もちろん」アガサは答えた。「〈ドルリーズ〉に行ったわ、肉屋さんよ。それから〈バジェンズ・スーパーマーケット〉に行って……ああ、そうそうアーケードの本屋にも寄ったわ。そのあと〈マーケット・ハウス・ティールーム〉でコーヒーを飲んだ。複数の人がわたしを覚えているはずよ」

「すべてあたってみます」マディがいったので、アガサは憎らしげな目で彼女をにらんだ。

ウィルクスが体をのりだした。「で、最初の話に戻りますが、たしか、ここにいるウォンがもう素人探偵はしないようにと申し上げましたよね。しかし、あなたたちはさらに首を突っこまずにはいられなかったんですね？　では、ミス・パーヴェーを訪問したことについて、最初からすべて説明していただきましょう」

ジェームズがミス・パーヴェーと話したことをすべて語った。アガサはある重要なことを抜かしたことに気づいたが、黙っていた。ミス・パーヴェーが探偵をしたがったことについて、ジェームズは触れなかったのだ。

ウィルクスは次にアガサに同じことをたずねたので、彼女もまた今日あったことを自分の口で話さなくてはならなかった。

質問は延々と続いた。最後にウィルクスがいった。「お二人とも署に来て、供述をしていただきたい。またもや死者が出たことは承服しかねることです。事件と関わりを持たないように、捜査は警察に任せておくように、とウォンがいっておいたはずですからね」

「わたしたちが帰ったあと、どうして彼女はミルセスターに行ったのかしら？」アガサが質問した。

ウィルクスがため息をついた。「おそらく映画を観るためでしょう。あとは推測するしかありません。何かを隠していたので、誰かに電話して会うことになっていたのかもしれません。さもなければ映画館で誰かがミス・パーヴェエーを見かけ、脅威になると判断したのかもしれない。ともかく、警察に任せていただきたい」

さらに質問をしてから、三人は引き揚げていった。

アガサとジェームズは重苦しく黙りこんで、お互いの顔を見つめた。

とうとうジェームズがいった。「ねえ、アガサ。どれもわたしたちがいけないんじゃないよ。ミス・パーヴェエーを絞め殺したのはわたしたちじゃない。でも、今回の件でひとついいことがある。まあ、いいことと呼べればだが。一連の事件に対するマスコミの関心が再燃するってことだ。例のインタビュー記事も掲載されるだろう。世間はわれわれがミセス・ゴア＝アップルトンを捜していることを知る。きっと誰かが情報を提供してくれるよ」

「すべてのごたごたが早く終わってくれればいいのに」アガサは疲れた声でいった。

「すべて警察に任せるべきかもしれないわね」

「でも、あともうひとつだけ訪ねる相手が残ってるよ」ジェームズは指摘した。「ミセス・グロリア・コンフォートがいる。彼女もまさにミルセスターの修道院のそばに住んでいるんだ。それに〈ビューグル〉が記事を載せなくても、他の新聞がきみと話したがるかもしれない。一連の事件が紙面から消えるには、世界的な大惨事でも起きない限りないよ」


翌朝、ジェームズは早起きして出かけ、すべての新聞を買ってきた。いくつもの太い見出しが目に飛びこんできた。エリツィンが失脚していた。モスクワの将軍たちがクーデターを起こした。冷戦がまた始まった（著者まえがきを参照）。新聞の一面には報道記事がぎっしり掲載されていた。それ以外の紙面には専門家による数え切れないほどの記事。ミルセスターに住む年配の未婚婦人の殺害については、どの新聞でもわずかな字数が割かれているだけだった。セルビアの残部議会は将軍たちを支持していた。ロシアは内戦のせいで崩壊しはじめていた。

ジェームズは新聞をアガサに渡した。彼女はキッチンの床で猫と遊んでいるところだった。アガサは立ちあがって、無言で新聞に目を通した。

「少なくとも」アガサはとうとういった。「これで調査を続けられるわ。マスコミの関心の的になったら、それがむずかしくなるもの」

二人は世界の情勢について語り合い、ミルセスターに行って供述をしたほうがいいだろうということで意見が一致した。それからどこかでランチをとり、そのあとでミセス・グロリア・コンフォートを訪ねることにした。


マディとビル・ウォンはその日遅く、食堂でお茶を飲んでいた。アガサとジェームズに話を聞いてから、初めて二人きりになれたのだった。

「ところで今、あなたの大切なアガサ・レーズンについてどう考えてるの？」マディがたずねた。「あの女はハゲワシみたいだわ。彼女の行く先々に死体が現われるなんて」

「それはちょっと手厳しすぎるよ」ビルが抗議した。「たしかに二人がデリントンを訪問したことは、自殺を誘発したかもしれない。でも、二人は警察よりもほんの少し先回りしただけだから、あの老人が自殺するつもりだったなら、いずれ実行していただろう。それに、ミス・パーヴェーの殺人にはまったく関与していない。アガサのアリバイも成立している。ねえ、マディ、ひとつはっきりさせておきたいんだけど。アガサはぼくの友だちだから、悪口はいわないでほしいんだ。彼女がこれまでいくつかの犯罪を解決したとは断言できない。でも、彼女が首を突っこむと、いろいろな展開があるんだよ。そうじゃなかったら、警察は犯人にたどり着けなかっただろう」

「わたしは自分の意見をいう権利があるわ」マディはいった。「レイシーとの奇妙な関係を見てごらんなさいよ。彼女が嘘をついていたせいで婚約が破棄されたのに、まだいっしょに暮らしているのよ」

「二人はとても相性がいいんじゃないかと思うよ」ビルは遠慮がちにいった。まさにその晩、ビルはマギーを自宅のディナーに招き、両親に紹介する予定だったので、険悪な雰囲気になりたくなかったのだ。「ともかく、ちがう意見を認めあうようにしないかな?」

「どうぞご勝手に。あなた、あのアガサにお熱になったことがあるんじゃないの?」

「彼女は母親ぐらいの年だよ!」

「ちょっと思っただけ」

ビルはマディを両親に会わせるのを楽しみにしていた。しかし、いまや不安が頭の片隅でうごめきはじめていた。もしかして、自分のいとしい人は、ちょっぴり人をいらつかせる女性なのではないだろうか？

アガサとジェームズはミルセスターめざして車を走らせていた。霧はすでに消え、気持ちよく晴れた秋の日だった。生け垣でサンザシの実が赤く輝き、赤と金色の木が茶色の耕された畑を縁どっていた。

「最初のうちは、田舎が美しいとは思えなかったの」アガサはいった。「ロンドンが恋しくてならなかったわ。そのうち、田舎に慣れてしまった。しだいに季節の移り変わりに気づくようになると、美しく感じられるようになってきたの。まるで風景画を次から次に眺めているみたいな感じがするわ。あの雲は別だけど。雲についてはどうにかならないかしらね、ジェームズ。コッツウォルズの素人画家が描いたありふれた水彩画みたい。光もちがってくるわね。秋になると、斜めに射す感じがするわ」

木立のあいだから、金色の日の光が前方の曲がりくねった道を照らしていた。車のタイヤの前に飛びだしておろおろしている不器用なキジを見つけて、ジェームズは急ブレーキを踏んだ。びっしり落ちているブナの実をタイヤがパリパリと砕いた。

「めったに時計を戻したいとは思わないけど」とアガサがささやくようにいった。

「それでも、こういう日には、こんなごたごたに巻きこまれたくなかったと思うわ。すべて片付くまで自由の身にはなれないんでしょうね。ジミーを悼《いた》むこともできないわ。彼はとんでもない悪人になってしまったのね。あれほど悪いやつじゃなかったら、今頃ピンピンしていたでしょう。生きているジミーなら対処できるし、永遠に追い払うこともできた。だけど、死人じゃ戦えない。彼はわたしたちのあいだに割りこんできたのよ、ジェームズ」

「きみがそうさせたんだ、アガサ。彼をもっと早く見つけていれば、われわれはそれに対処できたんだよ」

アガサは小さく嗚咽《おえつ》をもらした。

ジェームズは片手をハンドルから離すと、すばやくアガサを抱きしめてこういった。。

「わたしに時間をくれないかな」

ふいにアガサの心は希望で舞いあがった。彼らの車に驚いて飛びあがり、生け垣の向こうにさっと飛んでいってしまったもう一羽のキジのように。

警察で供述をしたあと、ミセス・グロリア・コンフォートの家を訪ねたが、あてがはずれた。近所の人間から、彼女がへんぴな村に引っ越したと聞いたからだ。新しい住所は誰も知らなかったが、隣人の一人が、〈ホイットニー・アンド・ドブスター〉という不動産屋がその家を売却したことを覚えていた。

不動産屋に行くと、ミルセスターのミセス・コンフォートの家の売却を担当した男性がまだ働いていて、ありがたいことに、彼女の古い友人なので連絡をとりたい、という二人の作り話を素直に受け入れてくれた。彼はアンクームの住所を教えてくれた。

「やったわね！」アガサは不動産屋から出ると叫んだ。「そこならカースリーにも近いし、ジミーの殺人現場のすぐそばでもあるわ。わたしたちよりも先に、もう警察が行ってると思う？」

「どうかな。連中は片付けなくちゃならないお役所仕事がどっさりあるけど、わたしたちにはないからね」

アガサは急に躊躇した。「わたしたちが先に来ていたことを知ったら、かんかんになるでしょうね」

「日が暮れかけてるよ。警察はもう行ったか、そうでなくても明日には行くよ」

アンクームはブロード・カムデンと同じくらいの広さのコッツウォルズの村のひとつで、あまりにも完璧で現実の場所とは思えないほどだった。村の中央には小さな古い教会が建ち、茅葺き屋根のコテージが立ち並び、美しい庭があり、どこもかしこも手入れが行き届いていた。

ミセス・グロリア・コンフォートは教会の陰になった茅葺き屋根のコテージのうちでも、ひときわ美しい家に住んでいた。ドアベルを鳴らしても誰も出てこなかった。

「裏に回ってみよう」ジェームズがいった。「向こうから何か物音が聞こえるようだ」

「もしかしたら死の苦悶《くもん》にのたうち回っているのかも」アガサが陰気にいった。

二人は裏庭に通じている細い道を歩いていった。ぽっちゃりしたブロンド女性が花壇の草取りをしていた。「失礼ですが」ジェームズが声をかけると、彼女は立ちあがって振り向いた。

髪は美しく染めたブロンドで、根元に黒い部分はのぞいていなかったが、中年の顔には肉がつき、目は潤んでいるせいでぎらついていた。大酒飲みのしるしだ。ガーデニングにふさわしくない、やけにセクシーなぴっちりしたツイードのジャケットにスカート、フリルつきの白いブラウス、パール、それにハイヒールという格好だった。

「ミセス・コンフォートですか？」ジェームズが訊いた。

「寄付金を集めているのかしら？」

「いいえ、わたしはジェームズ・レイシーで、こちらはアガサ・レーズンです」

「あら、まあ、あなた、殺された男性の未亡人ね。中に入っていただいたほうがよさそうだわ」ミセス・コンフォートはハイヒールで緑の芝生に穴を開けながら、ちょこちょこと芝生を横切った。「芝生にいいんですよ」彼女はいった。「空気が通るから」

室内は服装に釣り合っていた。すべてが驚くほど低俗だった。ぎょっとするほどひだをたっぷりとった窓のカーテン、まがいの真鍮《しんちゅう》の馬具飾り、壁にかけられた有名な絵の模造品、リビングの片隅にすえられた詰め物をした白いレザーのバーカウンター。ミセス・コンフォートはまっすぐバーに向かった。「お飲み物は?」

アガサはジントニックを、ジェームズはウィスキーを所望した。

「さて」ミセス・コンフォートはふかふかのソファの端に腰をおろすと切りだした。「どういうご用件かしら?」

「ジミーと同じ時期に健康施設にいらしたでしょう」アガサがいった。「彼と話をした人を知りたいと思っているんです。それから彼といっしょにいた女性、ミセス・ゴア＝アップルトンにも、とても関心があります」

ミセス・コンフォートはグラスに入った黒っぽい液体を勢いよくあおった。それからこういった。「思いだすのはむずかしいわ。ずいぶん前のことですもの。ジミー・レーズンは健康プログラムの成功者の一人として賞賛されたわ。やって来たときはぼろぼろだったから。健康施設に来て最初の週が終わる頃には、別人のようになっていたの。ミセス・ゴア＝アップルトンについては何もお話しできないわね。天候とか、こんなにおなかがすくなんてつらい、といったような、どうでもいいことしか会話をしなかったから。あまりお役に立てないわ、残念ながら」

ジェームズが口を開いた。「警察はあなたに会いに来ましたか？」

「いいえ。どうしてわたしに会いに来たがるの？　ああ、ミスター・レーズンが殺された件で？」

「それほど単純ではないんです。今日の新聞は世界の重大ニュースだらけで、お気づきにならなかったかもしれませんが、ミス・パーヴェーという女性がミルセスターで殺されたんですよ」

「パーヴェー？　ああ、パーヴェーね！　彼女も健康施設にいたわ。あのオールドミスは。だけど、それは別に関係ないでしょ」

「ジミー・レーズンは恐喝をしていたんです」アガサがいった。ミセス・コンフォートは酒にむせてから、平静を装おうとした。「本当？」彼女は陽気にいった。「ぞっとするわね」

アガサは賭けに出た。「こちらにうかがった本当の理由は、彼があなたをゆすっていたんじゃないかと思ったからです」

「まさか！　わたしにはゆすられるようなことはひとつもありませんもの。そろそろ、おひきとりいただこうかしら」

ミセス・コンフォートは立ちあがった。二人も席を立った。

「まずわたしたちに、本当のことを話したほうがよくはありませんか？」ジェームズが穏やかにたずねた。

「どういう意味かしら、まずって？」

「警察がじきにこちらに来て、あなたに同じ質問をするでしょう。それから、恐喝されて一定額の金を引きだしていないか、あなたの預金口座を調べるでしょう。あるいはジミー・レーズン宛ての小切手を振りだしていないか」

ふいに脚に力が入らなくなったかのように、彼女はまたドシンとすわった。肉づきのいい顔がゆがみ、今にも泣きだしそうに見えた。

アガサとジェームズもまたゆっくりと腰をおろした。

ミセス・コンフォートは無言で空のグラスをジェームズに渡した。彼はそれを受けとって匂いを嗅ぐと、白い革製カウンターの向こうに行ってウィスキーをストレートで注ぎ、彼女に手渡した。二人はミセス・コンフォートが黙りこくってそれを飲むのを待っていた。やがて彼女はいった。

「すべてお話しするわ。さきほど申し上げたように、ジミー・レーズンは来たときは廃人のようでしたが、すぐに回復しました。魅力的で楽しい人だった……他の人たちはとてもお高くとまっていましたから。わたしは一人で参加していたので、ミス・パーヴェーと同じテーブルになりました。そのせいで、ひどく気分が滅入ったものです。ジミー・レーズンはわたしをちやほやしはじめ、そのうち誘ってきたんです。午後に村に行ってきたので、部屋にコーニッシュパイがあるって。とても空腹だったので、わたしはパイを食べに行き、学生みたいにきゃあきゃあ笑いながら二人で真夜中の宴会をした。そのあげく盛り上がって、一夜を共にしてしまったんです。でも翌日は、二人ともとても大人の態度をとったわ。わたしのほうでは、それは一夜限りの関係でしたから。結婚していましたからね、それも幸せな結婚を。けれど、例のコーニッシュパイは、ヴィンテージ・シャンパンみたいに誘惑的だったんです」

彼女は言葉を切って、喉が渇いているかのようにごくごくとウィスキーを飲んだ。

「おわかりかしら、わたしはそのできごとをほとんど忘れかけていたんです。ほとんどどうでもいいことだったので。そんなある日、主人が仕事に出かけると――当時はミルセスターに住んでいました――ジミーがいきなり現れました。彼はお金を払わなければ、夫にあの夜のことを話すといったわ。わたしはとっとと消えて、といって追い返した。わたしに不利なのは彼の言葉だけだったから、頭から否定するつもりでいたの。でも、ジミーは主人に手紙を書き、わたしについて詳細に描写したんです……そして……主人はわたしと離婚しました」

長い沈黙が続いた。

アガサが早口にいった。「どうしてそのことをわたしたちに話してくれたの？ あなたはジミーにお金を一切払わなかったんだから、銀行口座から証拠を突きとめられる可能性もなかったのに」

ミセス・コンフォートは力なく肩をすくめた。「これまで誰にも話したことはなかったわ。その屈辱を想像できます？ 三十年間の結婚生活がどぶに流されたのよ。ジミー・レーズンを憎んでいたけど、殺してはいないわ。わたしはそんなことはできない弱虫だから。打ちのめされたわ。これだけ長い結婚生活だったのに、主人は、ジェフリーはわたしを許そうとしなかった。離婚のあとで、その理由を知ったけど。親しい友人たちがもっと早く教えてくれるべきだったことを、ようやく話してくれたの。主人は社内の女性と不倫をしていたのよ。わたしは主人に絶好の機会をみすみす差しだしてしまったってわけ」

「このミセス・ゴア＝アップルトンですが」とジェームズがいった。「ジミーは彼女について何かいってませんでしたか？　彼女といっしょに来た理由とか」

「自分の治療のための費用を出してくれる慈善家だというようなことをいってたわ。でも、それだけ。もっぱら健康施設のことを話題にして、つらい運動やまずい食べ物について冗談をいいあっていたわ」

ミセス・コンフォートはさめざめと泣きはじめた。

「お気の毒です」アガサはいった。「誰がジミーを殺したのか知りたいだけなんです」

ミセス・コンフォートは涙をふくと、洟をかんだ。「どうして？　もうどうでもいいことでしょう？」

「犯人を見つけるまで、わたしたち全員が容疑者なんですよ、あなたも含めて」

彼女の目がぎくりとしたように大きく見開かれた。「ジミーと寝たことを話さなければよかった。警察にはいいませんよね？」

そして二人の素人探偵はうなずいた。いまだに捜査に首を突っこむなといわれたことが身にしみていたのだ。

「黙ってるわ」アガサはいうと、ハンドバッグをひっかき回して、名刺を見つけだした。「これがわたしの連絡先よ。役に立ちそうなことを思いだしたら、どんな小さなことでもいいから知らせてください」

「わかりました。すでに、あれこれ思い返してるわ」

「実は」とジェームズがいった。「このミセス・ゴア＝アップルトンを見つけることができたら、何かがつかめると思うんです。でも彼女がこの恐喝の件に関わっている証拠がまだないんですよ。ジミーはサー・デズモンド・デリントンから月に五百ポンドしか引きせしていなかった。ミセス・ゴア＝アップルトンは健康施設にはメイフエアの住所を書いていた。いいですか、それは偽の住所だったようなのです。でも、彼女がこの事件に関わっているなら、はっきりいって、もっと大きな獲物を求めていたにちがいない。理由はよくわからないが、そういう気がするんです。ミセス・ゴア＝アップルトンはどんな女性だったんですか？」

ミセス・コンフォートは眉をひそめた。「そうですね……ブロンドでスタイルがよくて、ちょっと筋肉質で。大きな声で笑ったわ。朗々とした響く声で。ジミーとはとても親しそうだったけど、どちらかといえば、子どもを世話する母親みたいな感じだったかしら」

ある晩、ジミーがミセス・ゴア＝アップルトンの部屋に入っていくのを見かけたとミス・パーヴェーがいったことをジェームズは思いだしたが、黙っていた。

「というのも、彼女はわたしとも、他の人ともあまりしゃべらなかったから」ミセス・コンフォートは続けた。「ジミー以外の人とは」ふいに彼女のうるんだ目がじっとアガサを見つめた。「どうして彼と結婚したの？」

アガサは結婚したばかりの頃のジミーを思い返した——無鉄砲でハンサムで、とても楽しい人だった。そのうち、アガサがウェイトレスとして必死に働いているあいだに、ジミーはしだいにアルコールによる人事不省に陥るようになった。ときどきアルコールによる昏睡から覚めると、アガサを殴った。二人の結婚生活は短く、暴力的で、アガサはついに彼を置いて家を出たきり、二度と戻らなかった。あのときの輝くような解放感はいまだに覚えている。

「とても若かったからよ。結婚してまもなく深酒をするようになったので、彼のもとを去ったの。以上」

ジェームズがいきなりいった。「気をつけてください、ミセス・コンフォート」

「どうして？」

「殺人者が野放しになっているんです。それはあの健康施設にいた人間なんですよ。それはまちがいない。ミス・パーヴェーの顔を知っている何者かは、彼女の口を封じることにした。もしかしたらジミーはミス・パーヴェーについて何かつかみ、恐喝していたのかもしれない。その何者かはジミーが中断したところから、また恐喝を続けようとしたのかもしれない。本当に他に覚えていることは何もありませんか？　どんな小さなことでも、一見意味がないように思えることでも。何か役に立ちそうなことはありませんか？」

「ひとつだけおかしなことがあるわ」彼女はいった。「ミセス・ゴア＝アップルトンのことなんですけど」

「どういうことですか？」アガサは身をのりだした。

「実は、何度か、彼女が男だったらとてもすてきだろうな、と思ったことがあるの」

ジェームズとアガサはびっくりして彼女を見つめた。

「ただの直感なんですけど。彼女はとても筋肉質の体型だったの。女らしくないわけではないのよ。ただ、なんとなく雰囲気がね。わたしと同時期にあそこにいた人はすべて調べたんですか？」

ジェームズは首を振った。「ミルセスターの近くに住んでいる人たちだけです。サー・デズモンドがいました。それからミス・パーヴェー、それにあなた」

「でも、どうして犯人がミルセスターの近くに住んでいると推測したんですか？」

「ジミー・レーズンがカースリーで殺されたからです。地元に住んでいる人間のしわざにちがいありませんよ」

「でも、恐喝者を捜しているなら、あるいは二人組の恐喝者を捜しているなら」とミセス・コンフォートが反論した。「その連中はロンドンだろうがマンチェスターだろうが、どこへでも被害者を追っていったでしょう！　それにジミー・レーズンはあなたの結婚式に行くと、誰かに口を滑らせたのかもしれないわ」

「それは考えられないんじゃないかしら」アガサがいった。「ある友人が探偵を雇ってジミー・レーズンを見つけたんですけど、彼はウォータールー橋の下の段ボール箱で暮らしていたの。誰かをゆすりに行けるような状態ではなかったのよ」

「だけどあなたが結婚すると聞いて、彼はどうにかミルセスターまでたどり着いたんでしょ。段ボール箱から出られるぐらいにはしらふに戻って、昔の恐喝相手にまた連絡をとり、『ミルセスターに行くつもりなんだ』といったかもしれないわ」

アガサはうめいた。「あなたと同時期に、何人ぐらいの人があの施設にいたんですか？」

「多くはないわ。とても高級だから。三十人ぐらいよ」

「三十人」アガサはぞっとしたように繰り返した。

「絶対に地元の人間ですよ」ジェームズがいい張った。

「だけど誰なの?」アガサがたずねた。「こちらのミセス・コンフォートじゃないことはまちがいない。ミス・パーヴェーは亡くなった。サー・デズモンドも死んだ。誰が残るかしら?」

「あなたたち二人よ」ミセス・コンフォートがかすかな悪意のこもった声でいった。

「あるいはレディ・デリントンかもしれない」とジェームズ。「レディ・デリントンはどうなんだろう? 夫への恐喝についてずっと知っていて、自分の手でジミーを消そうと決意したのかもしれない」

「それともサー・デズモンドはどうかしら?」アガサが口をはさんだ。「ジミーを殺して、悔恨の念でいっぱいになって自殺したのかもしれないわ」

「じゃあ、誰がミス・パーヴェーを殺したんだ?」

「それはレディ・デリントンかもしれないわね」アガサは意気ごんでいった。「ミス・パーヴェーは自分でも調べてみるといっていたわ。彼女がデリントン夫妻について何か知っていたとしたら?」

「あるいは」とミセス・コンフォート。「デリントンが浮気をしていた女性ってこともありうるわね」

二人は驚いて彼女を見た。そしてジェームズがのろのろといった。

「その女性のことはまったく考えていませんでした」

ミセス・コンフォートはいきなり立ちあがった。

「さて、お話がこれぐらいなら……」

二人も席を立ち、彼女の協力に感謝して、ぞっとするようなバーカウンターにグラスを戻すと家を出た。

ミセス・コンフォートは二人が歩いていき、ジェームズの車に乗りこんで走り去るのを見届けた。それから受話器をとりあげた。


その晩マディはウォン家のダイニングテーブルにつき、あとどのぐらいで逃げだせるだろうと考えていた。ビルが心から両親を好いていることは、はっきりと見てとれた。しかしマディにはその理由がさっぱりわからなかった。ミセス・ウォンはがっちりした体型の無愛想なグロスターシャー生まれの女性で、父親のほうは気むずかしい香港生まれの中国人だった。食事は最悪だった。袋入りの乾燥した粉末に水だけを加えて作ったマッシュポテト、電子レンジでチンしたステーキ・アンド・キドニー・パイ、それに缶入りのグリーンピース。染みでた汁で皿に緑色の湖ができた。ワインは甘いソーテルヌだった。

ビル・ウォンはこれだけの努力をするに値しないわ、とマディは思いはじめていた。彼は警察でもっとも優秀な刑事の一人とみなされていた。マディは野心家だ。ビルとデートして、ビルと寝て、ビルの近くにいれば、彼の知恵を拝借して、事件を解決でき、栄誉を手に入れられるかもしれないと思った。しかし殺人事件はいまだに骨の折れる捜査をのろのろと進めているだけで、どこにも突破口が見つからない状態だった。それにビルもすばらしい考えが閃かないようだ。

ふと、ミセス・ウォンに話しかけられていることに気づいた。

「うちのビルは食べることが好きなのよ」ミセス・ウォンはいった。「だから、ちゃんと食べさせてあげてね」

「食事の面倒は警察の食堂が見てくれますよ」マディはいった。

「母さんがいってるのは、あんたたちが結婚したときのことだよ」ミスター・ウォンがいった。

マディはタフで、利己的で、強かったが、その言葉にパニックになった。当然、ウォン家のディナーへの招待が何を意味しているのかを認識しておくべきだったのだ。

「わたしたちは結婚する予定はありません」マディはきっぱりといった。

「まだ彼女に申しこんでもいないんだ」ビルがおろおろしながら笑い声をあげた。

「あなたはまだ結婚するほど大人じゃないと思うわ」ミセス・ウォンはずけずけといった。「若い人たちはいつもせっかちに事を進めるからね。もちろん、母さんも父さんも、孫がいたら楽しいだろうねって、このあいだも話してたけど。わたしはかわいい女の子がほしかったのよ」彼女はマディにいった。いまやマディは困惑に身を硬くして皿を見つめていた。

それからマディは両親について、兄と妹について、住んでいる場所について、ビルと結婚したあとも仕事を続けるつもりかについて根掘り葉掘り訊かれた。

「あのう」マディがいった。彼女の声は自分自身の耳にも妙に甲高く聞こえた。「誤解があるみたいです。わたしはビルだろうと他の誰だろうと、今は結婚するつもりはないんです。そろそろ、話題を変えませんか?」

ミスター・ウォンは侮辱されたような顔になり、ビルはみじめだった。心の中では両親を責めることができなかった。というのも、マディはただのガールフレンドだと話しておかなかったからだ。もっとも、ビルはどんなことであれ両親を非難する気持ちにはなれなかったが。

マディは、ビルの家まで自分の車で来て本当によかったと思いながら、ディナーがすむとすぐに頭痛がするといっていとまを告げた。ビルが車まで送ってくれた。

「結婚を考えているという印象を、ご両親に与えるべきじゃなかったわ」彼女は手厳しく非難した。

ビルはバツの悪そうな顔になった。「それがね、うちの両親は、ぼくが家に連れてくる女性はすべて未来の義理の娘だと思いこむ傾向があるんだよ。そんなことで機嫌を悪くしないで、マディ」

「おやすみなさい」

「今度はいつ会えるかな？」

「明日、署で」

「ぼくのいっている意味はわかるだろ」

「仕事以外の時間も、これからとっても忙しくなりそうなの」マディはさっと運転席に滑りこむと、ドアをバタンと閉めてビルの抗議を封じ、そして走り去った。警官の習性でビルは気づいたが、彼女はシートベルトも締めていなかった。

ビルは途方に暮れて立ち尽くしていた。アガサのことを思い、彼女が元のコテージに戻っていればよかったのにと思った。ジェームズと離れて。ふいにアガサと話をしたくなった。彼女はジェームズと結婚していない。たぶんパブに連れだせるだろう。

ビル・ウォンがアガサと二人だけで話せるかといって訪ねきたので、ジェームズは驚いた。まるで友だちと遊べるかと誘いに来た生徒のようだった。

アガサが戸口に現れた。「入ったら」ジェームズはいった。「よかったらわたしは散歩に出かけるよ」

「いえ、ぼくがアガサをパブに連れていきます、差し支えなければ」

「あとで合流するよ」ジェームズはいった。

「車は置いておいたら？」アガサはビルと並んで歩きながらいった。「歩いて〈レッド・ライオン〉に行きましょう」

「もっと人の目がないところに行きたいんです。レイシーにも加わってほしくないし」

ビルの車に乗りこむと、アガサは不安そうにたずねた。

「わたし、厄介なことになってるの？」

ビルは悲しげな笑みをちらっと見せた。「いいえ、それはぼくのほうです。モートンの〈ロイヤル・ホワイト・ハート〉に行きましょう。着いてから話しますよ」

今日に限って、そのバーはほぼ空っぽだった。秋がやって来て、枯れ葉が舞い散りはじめたので観光客は姿を消したのだ。英国のコッツウォルズのような美しい場所で暮らすことの欠点のひとつは、一年じゅうほとんど観光客がうようよしているってことだわ、とアガサは思った。しかし、文句はいえなかった。自分の住む村から出た瞬間から人は誰でも自動的に観光客になるのだから。

二人は暖炉のそばの大きなテーブルの角にすわった。暖炉では薪が勢いよく燃えていた。

「それで」とアガサが切りだした。「何があったの？　他に殺された人はいないんでしょうね？」

ビルは首を振った。「ぼくとマディのことなんです」

アガサは一瞬いらだたしい嫉妬を覚えたが、ビルは二十代でわたしは五十代よ、と自分にきっぱりといい聞かせた。「あのとんがり顔が今度は何をやらかしたの？」

ビルはにやりとした。

「あなたのことをすごく好きなのを、もう少しで忘れるところでした」

アガサはふいに涙があふれそうになるのを感じ、どうにかこらえた。人に好かれるという新鮮な感覚に、いつか慣れることがあるのかしら。長いビジネス生活では、アガサ・レーズンは誰にも好かれなかったし、それも当然だった。昔のアガサは、愛すべき人間とはとうていいえなかったのだ。

「それで？」彼女はうながした。

ビルは半パイントグラスの酒の中で輝いている暖炉の炎を眺めながら、口を開いた。

「ぼくがマディに夢中だったのは知ってますよね」

「ええ」

ビルはため息をついた。「ねえ、アガサ。ぼくは生まれるのが遅すぎたんですよ。ぼくにはとんでもなく古くさいところがあるみたいなんです。女性とベッドを共にしたら、なんらかの責任が生じると思うんですよ」

「それが、そうじゃなかったの？」

「ぼくはそう思ってました。結婚式まで計画して、二人で住む家を探しはじめてもいた。ただ、そうしたバラ色の夢をマディに話すことをすっかり忘れていたんです。ぼくは今夜自宅に彼女を招待して、両親に会わせました」

アガサは、うわ、それはそれは、といいそうになったが、かろうじて言葉をのみこんだ。ウォン夫妻は女性が胸に抱いているきわめてロマンチックな愛情ですら、たたきつぶしかねない人たちだわ、とひそかに考えた。

「で、父さんと母さんのことはご存じですよね。あれやこれやと口に出したんです。でも、両親が非常に率直なのは責められませんよ」

あの人たちがとんでもなく不作法なのは責められて当然よ、とアガサは思ったが黙っていた。

「それで母さんは、ぼくたちが結婚するものと思いこんでいたんです。正直にいうと、ぼくもまったく同じことを予想していたんですけどね。だけど、マディは逃げ帰ってしまって、警察の仕事以外では、もう会ってくれないんじゃないかと思います。つらくてたまらないんです、アガサ。彼女は今じゃぼくにうんざりしているんじゃないかな。シートベルトもつけずに走り去っていきましたから」

「たぶん、明日になれば機嫌が直っているわよ」アガサはいってしまってから、あらぬ希望をかきたてたのはまずかったと後悔した。

一瞬、ビルの顔は輝いたが、すぐに表情が曇った。「いや、もう終わったんじゃないかと思います。拒絶されるのがどんな感じか、あなたなら知ってますよね、アガサ」

アガサはビルの手をぎゅっと握った。いまやこらえきれなくなった涙があふれ、頬に流れ落ちた。

「ああ、アガサ」ビルはいった。「あなたを泣かせるつもりはなかったんです」

しかしアガサは自分のために泣いているのだった。ジェームズを失ったことに対して、そして仕事に没頭して、何年も愛のない生活を過ごしてきたことに対して。

涙をぬぐうと、どうにか冷静さをとり戻そうとした。「わたしにアドバイスできるのは、明日、マディに会ったときに、できるだけ友好的に気楽にふつうにふるまうこと、それだけだわ、ビル。そうすれば彼女もつんけんした態度はとらないでしょう。他の女の子をデートに誘ってみるのもいいかもしれないわね。だけどマディがまだあなたを求めているなら、それをあなたにはっきり示すはずよ。もし求めていなくても、毅然《きぜん》としていれば、あなたはメンツを保てるわ」

ビルはにやっとした。「ぼくには中国人の血は半分しか入ってなくて、魂は生粋のグロスターシャーの人間なんです。あなたのいうとおりですよ。だけど、どうして女性は愛を交わし、幾晩もいっしょに過ごしておいて、さっと背を向けて去っていけるんでしょうね、こんなふうに？」

あなたを使い捨てできると考えたからよ、とアガサは思った。マディはあなたの知恵を拝借できれば、自分のキャリアに役立つと思った。だけど、両親に会って結婚を迫られると、そんな努力をするほどの相手じゃないと思ったのよ。なぜならあの女は心の冷たいあばずれだから。世間にはお金めあての女と出世めあての女がいるけど、あなたの大切なマディは出世めあてだったのよ。声に出してはこういった。「意外なほどたくさんの女性が結婚に怯えるものよ。とりわけ仕事に夢中になっている場合は。といっても、気分はましにならないでしょうね。拒絶されるのは本当につらいことだわ。もう一杯飲んだら、もっと強いものを」

「運転があるんです」

「それに、わたしも酔っ払いたい気分なの」アガサはいった。「帰りはタクシーを拾いましょう。そうしたらジェームズがミルセスターまであなたの車を運転してくれるわよ。彼はタクシーで引き返してくればいいわ」

「電話して、彼に訊いてからのほうがいいんじゃないですか？」

「いいえ、ジェームズなら大丈夫よ。さ、飲みましょ。強いお酒に替えるわよ」

　その晩十一時半過ぎに、ジェームズ・レイシーは酔っ払ったアガサとビルが玄関にふらつきながら立っているのを見て、まったくもってうれしくなかった。おまけにジェームズはビルをミルセスターまで送っていき、引き返すときのタクシー代を払わねばならないこともわかった。さらに送っていくあいだじゅう、後部座席でアガサとビルが肩を抱きあって、耳障りな歌をがなりたてていたことも気に入らなかった。

〈ロイヤル・ホワイト・ハート〉の外で見つけたビルの車で、ビルを家に送り届けたとき、ジェームズの顔は不機嫌そうにこわばっていた。ビルは電話でタクシーを呼んでくれた。ジェームズは帰り道でアガサに説教をしようと思っていたが、タクシーに乗るやいなや彼女は眠りこみ、いびきをかきながら、彼の肩にぐらぐらする頭を預けた。

ジェームズはタクシーの料金を支払い、自分自身の車をモートンから運転して帰ってくると、アガサを車から助け降ろして寝室に連れていった。それからリビングに下りてきたが、仲間はずれにされた気がして腹が立った。どうしてビルはアガサとだけ事件について話し合いたかったのだろう？　自分をのけ者にして。何が起きているのだろう？

6

朝になり、二日酔いのアガサ・レーズンはよろよろと一階に下りてくると、ジェームズと結婚していたら、どんなふうだったかをいやというほど味わわされた。
「ゆうべは信じられないほど自分勝手なふるまいだったな、アガサ。自分の行動を恥じるべきだ！」
「ジェームズ、コーヒーを飲むまで待ってもらえない？」
「自分勝手だ！」ジェームズは狭いキッチンを行ったり来たりしていた。「いっしょにこの調査に取り組んでいるんだと思っていたよ。だのに、二人だけでどこかに行ってしまった。〈レッド・ライオン〉に行ったが、きみたちは来ていなかった。そうこうするうちに、閉店時間になってきみたちはここに酔っ払って戻ってきた。わたしはきみたちをモートンまで連れていき、自分の車を残してビルを家に送り、自分の車を回収するためにタクシーでまたモートンに戻らなくちゃならなかったんだぞ——まったく、我慢にもほどがある」

　アガサは震える手でコーヒーを注ぐと、煙草に火をつけた。ジェームズは怒りながらキッチンの窓を乱暴に開け、冷たい秋の空気をとりこんだ。

「それから、喫煙は不愉快な習慣だよ、アガサ。家全体が煙草の煙臭くなりはじめている」

「放っておいて」アガサはすすり泣きながら、キッチンのテーブルに突っ伏した。

　ドアベルが鳴った。ジェームズは足音も荒く玄関に出ていった。まもなく彼は戻ってきた。「ミセス・ハーディがきみに用だって。中には入れなかった」

　好奇心がわきあがり、ズキズキする二日酔いの頭痛も一瞬にして吹き飛んだ。アガサは玄関に出ていった。

「おはようございます」ミセス・ハーディがいった。「あなたの提案について改めて考えてみたんです」

　希望がアガサの中で燃えあがった。「つまり、コテージを買い戻させてもらえるってことかしら？」

「お望みなら」

「服を着てから、そちらにうかがいます」アガサは熱心にいった。

「あまりのんびりしていないでね。これから出かけますから」

アガサは二階に行き、急いで洗面をすませ服を着替えた。「隣に行ってくるわ」ジェームズに叫んだ。「あのハーディが売る気になったの」

数分後、アガサはミセス・ハーディのキッチンにすわり、こっそり彼女を観察していた。自分自身もさほど遠くない昔は、こんなふうにぶっきらぼうで不愉快な女性だったのだろうか、と恥ずかしくなった。

「どうして売る気になったんですか？」アガサは質問した。

「それが何か問題かしら？　カースリーはわたしにあわないのよ」彼女は自分のカップにコーヒーを注いだが、アガサには勧めようとしなかった。

そこで二人は取引の話に入った。話が終わって席を立ったとき、アガサは二日酔いのせいだけではなくふらふらする気がした。ミセス・ハーディは強気の取引を持ちかけてきたのだ。アガサは自分のコテージを取り戻すために、ミセス・ハーディが支払ったよりもずっと多くの金を出さねばならなかった。どうしてもう少し買うのを我慢しなかったのか、値段を下げるように交渉しなかったのか、とあとからアガサは首を傾げた。しかし昔の家をとり返して、ジェームズとの暮らしから逃げだしたくてたまらなかったので、ミセス・ハーディが提示した金額で手を打つことにしてしまった。

「すごいニュースよ」アガサは帰るなりジェームズに知らせた。「あのハーディがコテージを売ってくれるんですって」

「いくらで？」

「大金よ」

「その価値があるのかな、アガサ？　好きなだけここにいていいんだよ」

アガサはジェームズにいらだたしげな視線を投げつけた。ジェームズといっしょに暮らしていては、自分らしくいられない。料理と掃除はジェームズがほとんどやっていた。たとえ結婚しても、おそらく同じだろう。アガサはまるでホテルで暮らしているかのように、服や持ち物は注意深く常に空き部屋に置くようにしていた。毎回、使用後にバスタブをこするのを忘れないようにしながら、自分は実はだらしない人間なのだと気づかされた。家事上手は訓練してなれるものではなく、生まれつきの才能なのだ、とアガサは思った。優秀な主婦になるにはバレリーナとかオペラ歌手とかになるように、特別な才能が必要なのだ。食べ物は缶詰、掃除は思いだしたとき、服はしばしば一週間以上洗わないことがあるというスラムの育ちでは、将来の生活は推して知るべしだ。アガサが自分の家を持っていたあいだは、ジェームズは彼女のいちばんいい部分だけを見ていた。こういう二日酔いに苦しんでいるときは、治るまで家に閉じこもっていただろうし、外に現れたときはきちんとメイクをして、目一杯おしゃれをしていた。上唇のあたりをそっと指で探ってみた。固くて短い毛が生えかけている。昆虫のようにそれがジェームズに触角を伸ばしている気がした。急いで席を立つと、バスルームに飛んでいき、脱毛ワックスできれいに毛を抜いた。それからバスルームの窓を開けて、はがしたワックスをやぶに放り投げた。あとで拾って、ジェームズに絶対に見つかりそうにないキッチンのゴミの中に隠すつもりだった。中年になると、そういうところが大変なのよね、とアガサはげっそりした。もっと年をとったら、さらに大変だろう。おならをしたり失禁したり髪や歯が抜けたりしたらどうしよう。ああ、死にたいわ。それから、滅入った気分のまま、アガサはキッチンに戻った。

「ビルとわたしは事件のことを話していたんじゃないの」レンジでスクランブルエッグを作っているジェームズのこわばった背中に向かっていった。「彼、マディにふられて、ひどく傷ついていたのよ」

「ああ」ジェームズの背中から力が抜けた。「じゃあ、グロリア・コンフォートを訪ねたことはいわなかったんだね?」

「ええ。ビルを慰めるために酔っ払ったの。馬鹿よね、それはわかってる。それに彼を送ってくれてとても感謝しているわ。マディはいやな女だけど、それでもビルは彼女のことで嘆いていたのよ」

ジェームズはアガサの目の前にふわふわのスクランブルエッグの皿を差しだした。

「これを食べたら、気分がよくなるよ」

「時間の経過と、そのあとのストレートのスコッチでしか、二日酔いは治せないわ」

アガサはいったが、どうにか卵とトーストを少し食べた。

ドアベルがまた鳴ったので、アガサは頭をつかんでうめいた。「誰かがわたしを訪ねてきたのなら、追い返して、ジェームズ。ミセス・ブロクスビーにすら会えそうにもないわ」

しかしジェームズはビル、マディ、ウィルクスといっしょに戻ってきた。アガサは胃がひっくり返るのを感じた。

「さてさて」ウィルクスが厳しい声でいった。「目撃者たちの話によると、あなたとミスター・レイシーは、きのうミセス・コンフォートを訪ねたそうですね」

アガサはイギリスの村の暮らしに啞然となった。二人がミセス・コンフォートを訪ねたとき、周囲にはまったく人影がないように思えたのだ。しかし、二人の外見の詳細にいたるまでひそかに観察していた人がどこかにいたのだろう。

「彼女はまさか死んでないわよね？」アガサはたずねた。

「ミセス・グロリア・コンフォートはあなたたちが帰ったあとすぐに荷造りして、鍵を地元の警察署に預けたんです。スペインに休暇を過ごしに行くといったそうです。ヒースローからマドリッド行きの飛行機に乗り、マドリッド空港で車を手配し、行方をくらましました。今、われわれが知りたいのは、あなたたちが彼女に話した内容です」

「それに」とマディが冷たい声でいった。「するなといわれているのに、なぜ容疑者を片っ端から訪ねているのかも」

「ここは自由の国よ」アガサが反論した。「ともあれ、彼女からはたいして聞きだせなかったわ。ジミーにゆすられてはいなかったそうだし。それを確認するために、警察は銀行口座を調べるだろうと伝えてもね。スペインに行くなんて、ひとこともいってなかったわ」

本格的な質問が始まった。二人はミセス・コンフォートがジミーと一夜を過ごしたこと以外はすべてしゃべった。

とうとう三人は帰ろうと立ちあがった。マディはアガサの方にかがみこむといった。

「もう首を突っこまないで、いいわね？」

「とっとと帰ってちょうだい。あなたの顔を見るといらいらするわ」アガサはやり返した。

ビルはアガサを暗い表情で見たが、何もいわなかった。

ジェームズがドアを閉めてしまうと、アガサはいった。「あっと驚く展開ね。どうしてミセス・コンフォートはこんなふうに逃げだしたのかしら？　何を怖がっていたの？」

「今夜、彼女のコテージに忍びこもう」ジェームズがいった。

「つかまったらどうするの？　それにわたしたちの訪問に気づいて、人相をしゃべった人が何人もいたのよ。連中が警察に電話したらどうするの？」

「真夜中だったら、誰にも見られないよ」

「防犯灯は？　警報アラームは？」

「どちらもなかったよ。それは確認したんだ」

アガサはジェームズを疑わしげに見た。「このコッツウォルズの村には老人がうようよしているのよ、ジェームズ。で、老人っていうのはろくに眠らないの。車の音を耳ざとく聞きつけるわ」

「アンクームの少し手前まで車で行き、残りは歩いていけばいい。黒っぽい服を着ていくが、もし道で誰かに会っても怪しまれないようなものがいいね。さて、わたしがきみなら、ベッドに戻って、ひと眠りして二日酔いを治すよ。今夜はきびきびと行動できないと困るからね」

肉体的には夜までにアガサは回復していた。しかし今夜のことが心配でたまらなかった。もしもミセス・コンフォートのコテージに侵入するところをつかまったら、住居侵入と、警察の捜査を邪魔したことで逮捕される可能性があるだろう。ロンドンからロイ・シルバーが電話してきたので、アガサは健康施設でレディ・デリントンのふりをした女性について調べて、できるだけのことを探りだしてほしいと頼んだ。

二人は午前二時に出発した。ジェームズは村はずれの農場のわきに車を停め、二人はそこで車を降りて歩きはじめた。風の強い、月のない暗い夜だった。足の下でブナの実がバリバリと砕かれ、狭い道に枝が張りだしている木々から、さらにブナの実がバラバラと降ってきた。「こんなにたくさんのブナの実は見たことがないわ」アガサが文句をいった。「これは厳しい冬の前触れか何かなのかしら?」

「田舎ではすべてが厳しい冬の前触れだよ。いつもそういい続けていれば、きっとそういう年になることもあるだろう。しいっ、もうすぐ村に入る」

二人はそっと進んでいった。ひときわ黒い教会の建物が暗い空を背景にそびえ立っている。

「どこにも人影はないな」ジェームズがささやいた。だがアガサは二人が近づいていくのを、レースのカーテンの陰で眠れない老人たちが小さな丸い目で見張っているかもしれない、と不安でたまらなかった。静寂に息が詰まるような気がした。木々を渡る風以外に、まったく動くものはなかった。

ジェームズは静かにミセス・コンフォートのコテージの表門を開けると、裏に回っていった。アガサは庭のひっそりした暗闇にほっと息をついた。

ジェームズはペンライトをとりだして、アガサに渡した。「それでドアを照らしていて」ささやくと、錠前破りの道具をとりだした。

一見まっとうな退役した大佐が錠前破りの道具を使えるなんて不思議だわ、とアガサは改めて思った。

映画では、驚くほど早く錠前はカチリといって開く。アガサは自分の体を抱きしめ、震えながら三十分も待っていた。

「あとどのぐらいで開きそう?」彼女はひそひそ声でささやいた。

「落ち着いて。エール錠はもう開けたんだ。これは二番目のやっかいな鍵なんだよ」

裏庭の反対側にあるコテージで明かりがついて、目隠しになっている木立から黄色い光が射しこんだ。ジェームズは凍りつき、アガサは小さく恐怖のうめき声をあげた。それからまた光は消え、二人は心安らぐ暗闇に置き去りにされた。

とうとう、もうこんな大胆な計画はあきらめようと提案しかけたとき、ジェームズが満足そうな声をもらし、ドアが開いた。

ジェームズはアガサの手をとると、ペンライトをつけたり消したりしながら先に立って進みはじめた。

「二階だ」ジェームズがいった。「リビングには手紙や書類を保管していそうな場所は見あたらなかった」

まもなくペンライトの細い光が、混沌状態の寝室を照らしだした。引き出しは中途半端に引きずりだされ、クロゼットの扉も開いたままだった。

「わたしたちの前に誰か来たんだわ」アガサがいった。「警察かしら?」

「大あわてで荷造りしたんだろう。きみは窓辺のその椅子にすわって、カーテンから外を見張っていてくれ。わたしが探してみるよ」

化粧台の引き出しの手紙や書類を探した結果、ジェームズは低い叫び声をあげ、一通の手紙をアガサに渡した。「ペンライトでそれを照らすから、床にすわって。一読の価値があるよ」

アガサは床にすわりこんで、手紙を読んだ。

いとしいグロリア

どうかどうか考え直してほしい。何度もすまなかったといっているだろう。わたしたちはこれまですばらしい結婚生活を送っていたし、もう一度わたしと会って話を聞いてくれさえすれば、またすばらしい結婚生活が送れるはずだ。どこかに行こう、どこでもきみの好きな土地に。そして仲直りをしよう。ともかく、一度だけわたしに会ってほしい。それで失うものがあるかな？　これだけ時間がたったのだから、そろそろ怒りをおさめてほしい。愛している。

どうか電話してほしい。

ジェフリー

手紙は〈ポテト・プラス〉というミルセスターの会社の社用箋にタイプされていた。

アガサはびっくりして顔を上げた。

「じゃあ、結婚生活がだいなしになったという話はどういうことだったの？　すべてとり戻せたのに。彼女のほうが夫を捨てたにちがいないわね」

「そのようだな。だが、もう少し探ってみよう」

一時間後、ジェームズはいった。「だめだ、もう何もなさそうだ。そろそろ出たほうがいいね。その手紙を渡してくれ、アガサ。見つけたとおりに戻しておくよ」

階段を下りていくときに、アガサにいきなり腕をつかまれてジェームズは飛びあがった。

「リビングよ。留守番電話が置いてあったわ。帰る前にメッセージがあるか調べてみましょう」

「わかった。でも、これ以上のことはわからないんじゃないかな。前のご主人からの手紙は三日前の日付になっている。彼女はご主人と逃げたにちがいないと思うよ」

二人はリビングに入っていった。ジェームズは留守番電話を再生した。「ジェーンです」声がいった。「訪ねてきてくれたときに留守にしていてごめんなさい、グロリア。いいわよ、あなたの庭の世話を引き受けるわ。まだお宅の鍵を預かっているから。いい旅を。じゃあね」

それから男性の声。「もしもし、バジルだ、スイートハート。チケットを入手したので、ヒースローのチェックインカウンターで四時半に待っている。遅れるなよ」

二人は驚いて顔を見合わせた。「バジル？」アガサが叫んだ。「ご主人の名前はジェフリーよ。わたしたちが帰ったあとに、彼女はこのバジルに電話して、彼と旅行の相談をしたにちがいないわ。だって、マドリッドうんぬんはなくて、ただチケットをとったっていうだけで話が通じているんだもの」

「ともかく運が尽きる前にここから出よう。ひそひそとささやいているのにはもう疲れたよ」

「鍵をかけるのに、またすごく時間がかかりそう？」

「いや、閉めるのは簡単だ」

まもなく二人はアンクームを出て、車めざして歩いていた。

「ずっと考えていたんだが」車で走りだすと、ジェームズはいいだした。「これまでジミー・レーズンにゆすられていたか利用されてきた人に注目してきたよね。パートナーや配偶者のことはあまり考えていなかった。レディ・デリントン以外は。さて、この件を整理してみよう。ミセス・コンフォートは、われわれの訪問で動揺した。ただし理由は不明だ。彼女の元夫は妻に戻ってきてほしいと願っている。しかし彼女はバジルに電話した。彼はあきらかに親密な相手で、ただちにスペインに行く手配をした。そんなところだ」

「彼女はマドリッドで車を手配したと、警察がいっていたわ。他の人といっしょだったとは、ひとこともいっていなかった。もちろんこのバジルは結婚している可能性がある。飛行機では別々にすわったのかもしれないわね。彼女が車を調達して、空港の外で彼を拾う。簡単よ。ああ、大変、ジェームズ、車を停めて！」

ジェームズは急ブレーキを踏んだ。「どうしたんだ？」

「バジルからの電話が最後の通話だった。留守番電話には二件しか入っていなかったでしょ。あれが本当に最後の電話なら、一四七一にかければ、ナンバーお知らせサービスでバジルの電話番号がわかるのよ」

「アガサ！　だが、そうするにはまたあの鍵を開けるってことだろう。そんな危険は冒せない。そうだ、鍵を預かっているジェーンっていう女性なら簡単に見つけられるはずだ。明日、アンクームに戻ろう。たぶんジェーンならバジルが何者か知っているよ」

「だけど彼女は親しい友人じゃないかもしれないわ！　留守のあいだに家や庭を管理するだけの人かもしれない。お願い、ジェームズ」

彼はまた車を発進させた。「だめだ、アガサ、絶対にだめだ。わたしを信用して。

このジェーンなら知っているよ」

翌朝、教会で訊くと、簡単にジェーンを見つけることができた。聖堂番は二人が捜しているのはジェーン・バークレーだといい、彼女のコテージへの行き方を教えてくれた。

ジェーン・バークレーは短く刈りこんだ髪をした、たくましい男性的な外見の中年女性だった。

すぐに、ジェーン・バークレーはミセス・グロリア・コンフォートの親しい友人ではないとわかった。隙をみて、アガサは首からシルクのスカーフをこっそりはずすと、ポケットにしまった。

「実はここにうかがったのは」アガサがぺらぺらしゃべりだしたので、ジェームズは驚いて彼女を見た。「きのうスカーフをグロリアのところに置いてきてしまったからなんです。あなたが庭の世話をしていると聞いていたし、親しいお友だちみたいな口ぶりだったので、スペインのどこに行ったのかご存じかと思って。でも、あなたは鍵を持っていらっしゃるでしょ。お手数ですけど、どうかわたしたちを中に入れて、スカーフを捜させてもらえないかしら？」

「そうねえ」ジェーンはいった。「お名前は何とおっしゃいましたっけ？」

「パース夫妻です」アガサに何かいう隙を与えず、ジェームズがすばやく名乗った。ジェーンがアガサの名前を聞いたら、殺された男の妻をコテージに入れることを警戒するのではないかと危惧したのだ。

「身分証明書をお持ちかしら？」

アガサは心が沈んだ。しかし驚いたことに、ジェームズは内ポケットから名刺入れをとりだし、名刺を差しだした。

「パース大佐とミセス・パース」ジェーンは読みあげた。「ストラットフォードから。ミセス・コンフォートからお二人のことを聞いたことはないけど、わたしも彼女のことはそれほどよく知っているわけじゃないですから。いらっしゃい。あまり時間をかけないでくださいね」

ジェームズとアガサは彼女といっしょに短い距離を歩いて、ミセス・コンフォートのコテージまで行った。ジェームズはアガサをちらちら見ながら、たぶん彼女は電話のところに行きたいのだろうと推測した。リビングに入ると、アガサは陽気にあたりを見回した。「ええと、どこにあのスカーフを置いたのかしら？　ここだということはわかっているんだけど」

ジェームズは窓辺に近づき、外を見た。「ダリアはまだ霜にやられていませんね。見事に咲いている」

ジェーン・バークレーは彼の隣に立った。「わたしがあれを植えたんですよ」彼女は誇らしげにいった。「ミセス・コンフォートは――グロリアはガーデニングのことはからっきし何も知らなくて」

アガサはポケットからスカーフをとりだすと、それをソファのクッションのあいだに押しこんだ。

「見つけたわ」彼女が叫んでスカーフをとりだすと、ジェーンが振り返った。「クッションのあいだに落ちてたみたいね」

ジェームズはまだ窓辺に立っていた。「あのバラは剪定《せんてい》が必要かもしれないですね」

「なんですって？　どこですか？」ジェーンが憤慨してたずねた。「コッツウォルズじゅうで、あれほど手をかけられているバラは他にはありませんよ。お見せしましょう」

「あなた、先に行っていて」アガサがいった。「ちょっとお化粧を直したいの」

ジェーンはアガサの言葉など耳に入らない様子だった。ガーデニングの能力についての侮辱されたことにかんかんに怒っていたのだ。

二人が出ていくと、アガサはすばやく電話機のところに行き、一四七一をダイヤルした。小さな声がいった。「〇一五六〇三八九九三二の電話番号が保存されています」

アガサはすばやくメモをすると、庭に出ていった。そこではジェームズが恐縮した口調でこうわびているところだった。「いや、申し訳ない、なんて見事な仕事をされているんでしょう。お許しください、ミス・バークレー。いまいましい老眼のせいなのです。以前ほど目がきかないものですから」

ジェーンは機嫌を直し、ガーデニングについてとうとうと熱弁をふるった。アガサにとってはとんでもなく長い時間に感じられた。

ようやく二人はジェーンに感謝して、車に戻った。声が聞こえないところまで行ったとたん、アガサが興奮した声で報告した。「番号がわかったわ」

「謎のバジルの番号じゃないかもしれないよ」ジェームズは道を少し走ってから車を停めた。「見せて」

アガサは番号を書いた紙片を渡した。「これはミルセスターの番号だ」ジェームズはいった。「ただし、ミルセスター郊外の村なら、どこでもあてはまる可能性がある。この電話番号の住所をどうやったら調べられるかな？」

アガサはぎゅっと眉をひそめて考えこんだ。「いいことを思いついたわ」とうとう彼女はいった。「事件についてビル・ウォンや誰かと話すためにミルセスター警察に行くたびに、取調室に案内されて、さんざん待たされるの。取調室には電話があるわ。そこから交換手にかけて、刑事だと名乗り、この電話番号の住所を調べてもらうの。疑いを抱かれないうちに、こんなふうにいったらどうかしら。『住所を調べて、警察署のこの内線にすぐに折り返し電話してちょうだい』って」

「アガサ、そんなとんでもないことをするのは、わたしが許さないぞ」

「あなたが何ですって？　わたしにあれこれ命令するなんて、何様だと思ってるの？」

「理性的になってくれよ。面会の約束をしている相手がすぐに現れたら、まずいことになる。電話がかかってきたときに、あの怖いマディみたいな人間が受話器をとったら、警察官になりすまそうとした罪でただちにきみを告訴するだろう」

「この商売に、リスクはつきものよ」アガサ・レーズンは傲慢にもいい放った。

「ああ、自分に酔わないでほしいな。これまでのところ、わたしたちは混乱しかまきおこしていないんだから。きみを家で降ろすよ。わたしは夕食用の魚を買うためにモートンの市場まで行ってくる。もし時間をもてあますようだったら、草とりをしてくれてもいいよ、ほんとに。どうも、きみはわたしの家をホテルだと思っているふしがあるようだからね」

「あなたの家だからよ」アガサは深く傷ついていった。「自分の家を取り戻すのが待ちきれないわ」

「まったくだ」ジェームズはいった。それから家まで、不穏な沈黙が続いた。

ジェームズはモートン・イン・マーシュに出かけていき、アガサは家に入ったが、傷つき、腹を立て、心がひりひりしていた。これが結婚というものなのね。命令されることが。よくもこんな真似を。よし、思い知らせてやるわ。

アガサはまた外に出て自分の車に乗りこむと、ミルセスターまで思い切り車を飛ばした。

さすがに少し不安になりながら、アガサはミルセスター警察の受付係の巡査に近づいていき、愛想よくこういった。

「ジミー・レーズンの殺人事件を担当している方とお会いしたいんですけど」

「ミセス・レーズンですか？」

「ええ」

巡査はフラップを持ちあげてデスクを回ってくると、彼女を入り口のそばの取調室に案内した。

「すぐ戻ります」彼は陽気にいった。「お茶をいかがですか？」

「いえ、けっこうです」

巡査は部屋を出てドアを閉めた。アガサは受話器をつかむなり、交換手に電話した。何も聞こえなかった。そのとき、外線にかけるには九か何かをつけなくてはならないことに気づいた。そこで九であっているように祈りながら、もう一度試した。交換手が電話に出た。

「こちらはクラム刑事です」アガサはデスクに置かれていたビスケットのかけら《クラム》から偽名をすばやくでっちあげ、ミセス・コンフォートの留守番電話で探りだした番号を読みあげ、その番号で登録されている名前と住所を教えてほしいといった。それからデスクの上の内線番号を伝えた。

「すぐにかけ直します」交換手はいった。

アガサはデスクから電話を持ちあげ、床に置いた。次にデスクをつかんで床をひきずっていき、ドアにぴったり押しつけた。そのときパニックに襲われた。その作業を終えたときに、ふたつのことが同時に起きたからだ。誰かが入ってこようとしたのと、電話が鳴ったことだ。

アガサは床にひざまずき受話器をつかむと、低い声でいった。「もしもし?」

「クラム刑事ですか?」

「ええ、そうよ」ドアの向こうから叫んでいるマディの声を聞きながら、アガサはささやいた。「ミセス・レーズン？　そこにいるんですか？　ドアがひっかかっているの」

「ご依頼の電話番号の名前と住所はバジル・モートン、ミルセスター、ロンドン・ロード六番地ローニングズ荘です」

「ありがとう」アガサはいった。

デスクを元に戻してドアの前に横になったとき、マディが叫ぶのが聞こえた。「デイヴ、ちょっと来て、このドアを開けるのに手を貸して」

アガサは芝居がかったうめき声をあげた。「大丈夫ですか？」マディが叫んだ。だが、心配よりも疑いが勝っているせいで、その口調はとげとげしかった。

「気絶したの」アガサは叫んだ。「ドアの前からどくわ。わたし、ドアをふさいでいたみたい」

立ちあがって後ろにさがると、マディが警官を従えてドアを開けた。マディの目はアガサの火照《ほて》った顔に、それから床にころがっている電話に向けられた。

「気絶したばかりの女性にはまったく見えませんね」マディが語気荒くいった。「それに電話がどうして床にあるんです？　それから鳴っているのが聞こえたんですけど？」

「倒れたときにひきずり落としたにちがいないわ。二度ほど鳴って、すぐ止んだわよ」

「しかも、受話器がちゃんとはまったまま、正しい向きで落ちたんですか？」

「妙ねえ、それは」アガサはいった。彼女は片手を額にあてがった。「なんだか暑くてたまらないわ。お水を一杯いただけるかしら？」

「もらってきて」マディが警官に命令した。「たぶん更年期のホットフラッシュのせいですよ」

アガサはマディをにらみつけ、まったく憎らしい女だと心の中で罵った。

「さて、くだらない話はやめてください、ミセス・レーズン。どうしてここにいるんですか？」

「そういう態度をとるなら、わたしはビルに話すわ」

「ビルは仕事で外出しています。わたしに話すか、警察の時間をむだにしたことで逮捕されるか、どちらかですよ」

「あなたがこれまで何か事件を解決したことがあるとしたら、奇跡ね」アガサはいい返した。「そんなふうに人を怒らせてばかりだとしたら」

警官が水のグラスを手に入ってきて、アガサに渡した。アガサはありがとうとつぶやきながらグラスを受けとって椅子にすわると、ごくごく飲みはじめた。マディは不機嫌そうにアガサを眺めてから、こういった。

「さっさと話してください、アガサ」

「あなたにはミセス・レーズンと呼んでいただきたいわ」グラスの水のおかげで、アガサは話をでっちあげる時間が稼げた。きっとビルを呼んできてくれると思っていたので、まえもって話を用意していなかったのだ。

「〈ホームレス援助会〉が詐欺だという理由があるの」アガサはいった。「きちんと組織された慈善団体じゃないのよ」

「それは知ってます」意外にもマディはいった。「警察はあの団体を閉鎖させるために大勢で出動したんです。でも、オフィスは閉まっていて、ゴア＝アップルトンという女性は姿を消していたわ」

「どうして話してくれなかったの？」

「話す必要がないでしょ？」マディは軽蔑を隠そうともしなかった。「仕事をしていない女性の困った点は、やたらに他人のことに首を突っこんでくることですね。警察に任せておくようにと、何度も何度も警告しているはずよ。もうひとついっておきます。一四七一にかけてみれば、あなたがあの電話機で何をしていたかわかるでしょう」

アガサはすばやく計算した。マディにわかるのは交換手の番号だけだ。しかし署内の全員に取調室の電話から交換手にかけたかどうかをたずねれば、誰も電話していないことが判明するだろう。さらに、交換手に電話をして、何を訊かれたかを探りだすにちがいない。アガサは不安になった。しかし、ちょうどそのとき、電話が鳴った。

マディは受話器をとった。「ああ、ビル」彼女はむっつりといった。「建物内に戻ったの？　まだですって？　外からかけているのね」受話器の向こうで、ビルの声が早口で何かいっているのが聞こえた。

「いい、聞いてちょうだい」マディがいった。「あなたの大切なミセス・レーズンが取調室にいるんだけど、どうやら彼女はこの電話を使ったらしいのよ。それでナンバーお知らせサービスにかけて、誰から電話がかかってきたのか教えてもらおうとしていたところなの。だけど、あなたがここに連絡してきたせいで、もうわからなくなったわ。どうして内線電話でかけてこなかったの？」

また大きな声が何かいった。何にしろマディにいおうとしていることを盗み聞きされたくなかったんだと、ビルは説明しているにちがいない、とアガサは想像した。なぜならマディがこういったからだ。

「今はそれにふさわしいタイミングでも場所でもないわ。それに本当のことを知りたいならいうけど、今後、ふさわしいタイミングも場所もないから……永遠にね。わかった?」

マディはガチャンと受話器をおろすと、アガサにいった。「ここから出ていって」

そしてアガサは喜んで退散した。


ジェームズはこの新たな情報に興味しんしんで、アガサに腹を立てることも忘れてしまった。それどころか、デスクを移動させて気絶したふりをしたことをおもしろがった。

「きみが留守のあいだにロイ・シルバーが電話してきたよ。デリントンが浮気していたあの秘書、ヘレン・ウォリックが戻ってきたんだ。ロンドンの住所がわかったよ。今日、そこへ行ってみるかい?」

「明日にできない?」アガサが頼んだ。「チェルトナムまで行って、あのぞっとするハーディと会い、家の売買をすませなくちゃならないのよ」

「きみが彼女を乗せていくの、それとも彼女がきみを乗せていくのかな?」

「どっちでもないわ。向こうで落ち合うことになっているの」

「また価格を釣りあげようとしたときのために、わたしもいっしょについていこうか？」

「まさか、そんな真似しないわよ！」

「わからないよ。手強い取引相手だからね」

「あの人、虫が好かないわ」アガサが心の中をぶちまけた。「あのマディ・ハードと同じぐらい嫌い。ビルはマディのどこがいいのかしら、さっぱり理解できないわ。なんて嫌な女かしら！　それにバジルのほうも調べなくちゃ」

「きみが自分の家を取り戻せたら、そのあとでいっしょにミルセスターに行って、バジルを捜してみよう」

「それから元夫のジェフリー・コンフォートがいるわ。ポテト・プラスの。ところで、ポテト・プラスって何なの？」

「スーパーマーケット用にビニール袋にじゃがいもを詰めている小さな工場だよ。だが、彼の家の番地は電話帳に載っている。どこに住んでいると思う？」

「ここ？　カースリー？」

「いや、アシュトン・ル・ウォールズだ。ミス・パーヴェーと同じ場所だよ。さ、行っておいで」

アガサはチェルトナムのモンペリエ・テラスにある弁護士のオフィスで、ミセス・ハーディと落ち合った。

アガサはあのコテージに十一万ポンドを支払い、ミセス・ハーディに十二万ポンドで売った。ミセス・ハーディは十三万ポンドを要求していた。不動産相場が低迷している今、馬鹿馬鹿しい価格だわ、とアガサは思った。

アガサが書類にサインしようとしたとき、十五万ポンドという数字が目に飛びこんできた。

「これは何?」彼女は鋭く問いただした。

「その価格ですか?」弁護士はにっこりした。「ミセス・ハーディはその価格で同意したとおっしゃっていましたが」

「あなたたち二人は何を企んでいるの?」アガサは怒って、弁護士に向き直った。

「電話で十三万ポンドの価格に同意したでしょ」

「でも、ミセス・ハーディは十五万ポンドが公平な価格だとお考えなのです」

アガサはハンドバッグと手袋をつかんだ。「くたばればいいのよ、あんたたち二人とも。こちらの買値を教えておくわ――十一万ポンドよ。それで手を打つか、さもなければ取引はなし」

アガサは大股でオフィスを出ていった。

ああ、わたしの家。車に乗りこみながら嘆いた。もうあきらめたほうがよさそうね。別の村に別のコテージを探して、ジェームズから完全に逃げだし、もう一度人生をやり直そう。

しかしジェームズのコテージに入っていったときに、彼にお帰りとにっこり迎えられると、アガサの心臓はとんぼ返りをした。そして、彼に抱いているこの感情から、すっぱりと解き放たれることがあるのかしらと自信がなくなった。

アガサが何があったか報告すると、ジェームズは穏やかにいった。

「他にもコテージはあるよ。早めの夕食をとったら、ミルセスターに行こう」

バジル・モートンが住んでいるローニングズ荘は建設業者が建てた家で、ウォン一家の家がある場所を思わせた。公営住宅に似ていたが、わずかなちがいはアガサの見たところ、家はそれよりも多少大きく、庭がよく手入れされていることだった。

二人は誰も出てくるとは思っていなかったが、いちおうドアベルを鳴らした。その後隣人を訪ね、〝友人〟のバジルの所在をたずねる口実に使うつもりだったのだ。だが驚いたことに、ドアはやせた黒髪の女性によって開けられた。最初は女の子だと思った。まるで学校の制服のような短いネイビーのスカートと白いブラウスを着て、髪の毛を二本のおさげに編んでいたからだ。しかし、頭上の明かりのスイッチを入れると、目の周囲の細かいしわが見え、三十代後半だろうと推測された。

「ミスター・モートンとお話しできますか?」ジェームズはたずねた。

「バジルは海外に出張しているんです。しょっちゅう留守にしてまして」黒い目に寂しさがにじんでいた。「よかったらお入りになりません?」

二人は彼女のあとからリビングに入っていった。そこは恐ろしいほど磨きぬかれ、清潔そのものだった。本も雑誌も一冊もなかった。「どのぐらいこちらにお住まいなんですか?」アガサは部屋を見回しながらいった。

「十年です」

それなのに、すり傷ひとつ、染みひとつ、ほころびひとつないとは、とアガサは仰天した。子どもがいたらありえないわ。

「シェリーでも?」

「ええ、いただきます」

「では、どうぞおすわりください」

おさげの女性は、頻繁に磨かれているせいでまばゆいほどの光沢を放っているサイドボードの前にひざまずき、クリスタルのデカンターとクリスタルのグラスを三つ、それに小さなシルバーのトレイをとりだした。トレイをじゅうたんの上に置くと、グラスとデカンターをその上にのせた。

「お持ちしましょう」ジェームズがトレイを運んでいき、低いコーヒーテーブルに置いた。そのテーブルもガラスのようにピカピカに輝いていた。

怖くなってくるわ、とアガサは思った。この人は何かをこぼしたことがないのかしら？

あとからとてつもなく甘いシェリーだとわかったが、女性は三つのグラスに酒を注いだ。ジェームズはにおいを嗅いで鼻にしわを寄せながら、おそらくイギリス産のシェリーだろうと推測した。

「仕事の件でバジルにお会いになりたいんですか？」

「いえ、ミセス……ええと……モートンでよろしいですか？」

「ええ、そうです」

「個人的な問題でちょっと話がしたかったんです」ジェームズはいった。

「主人は海外に行ってます。スペインです。しょっちゅう出張しているんです」

「お仕事は何をされているんですか、ミセス・モートン？」

「バスルームです。〈モートンのバスルーム〉という会社です」

「どうしてスペインに？」

「向こうでタイルを買い付けるんです」彼女はあいまいにいった。「正直に申し上げて、仕事のことはよくわかりません。家でやる仕事が多すぎて、バジルが帰ってくる頃には疲れはてて、たいてい眠っていますから」

「家でお仕事をされているんですか？」ジェームズが質問した。

ミセス・モートンは小さな笑い声をあげると、磨き立てたリビングをやせた片手で指し示した。「家事です。これで終わりってことがないんですよ。あなたもそう思われません、ミセス……？」

「アガサと呼んでください。わたしは掃除をしてくれる女性を頼んでます。家事があまり得意ではないので」

「まあ、でもいつも最高の状態にしておかなくちゃなりませんでしょ。一生懸命働いている夫のために、せめてそれぐらいはしないと。バジルに家に帰ってきてくつろいでほしいんです……家に帰ってくるときは、ですけど」彼女は無念そうにつけ加えた。

ジェームズは少し顔をしかめてグラスを干すと、アガサに目で合図した。

「それでは、そろそろ失礼します、ミセス・モートン。他にも寄るところがありますので」

「あら、そうなんですの？　もう少しシェリーをいかが？」

「いえ、ほんとに。ごちそうさまでした」

「どなたが訪ねてきたと伝えればいいんでしょう？」

「パースです」


「ねえ、他に訊けることがあったかな？」車を発進させながら、ジェームズがいった。

「あの気の毒な神経症的なきれい好きの奥さんに、ご主人は他の女性とスペインに行ったとは、とうていいえないよ」

「これからどうする？」アガサがたずねた。

「ミスター・コンフォートかな。アシュトン・ル・ウォールズをもう一度訪ねてみよう、やっぱり。おや、霧がまた出てきたぞ」

「ミスター・コンフォートには本名を名乗るつもり？」

「ああ、そのつもりだ」

「どうしてわざわざ時間をむだにして、バジルに会いに行ったの？」

「いや、海外に行っているとわかってるし、彼に会いに行ったんじゃないよ。隣人たちに彼について訊いてみるつもりだったんだ。我ながらまぬけだったけど、彼が結婚しているとはまったく思っていなかった」

「親切な行ないをしたいなら、このことを奥さんに打ち明けるべきだったかもしれないわね」アガサは考えこみながらいった。「警察もいずれ調べに行くでしょうから、奥さんはどっちみち知ることになる。まったくねえ、愛という名のもとに、あれだけ徹底的に掃除して磨き立てているとは。ご主人はたぶんホテルの床に唾を吐き、ベッドサイドのテーブルにワイングラスの跡をつけているんでしょうね」

「あのいまいましい霧を見てごらん」ジェームズが手袋をはめた手でフロントガラスをこすった。車は二車線の道路を離れ、アシュトン・ル・ウォールズめざして霧の中をのろのろと進んでいた。

「何をミスター・コンフォートに質問するつもりなの？　きゃあ、気をつけて！」アガサが悲鳴をあげた。ヘッドライトにアナグマが浮かびあがったのだ。ジェームズはブレーキを踏み、アナグマは生け垣によたよたともぐりこんでいった。

「野生動物も、こんなひどい夜にさまよい出てこないで、どうして巣穴でぬくぬく快適に過ごしていないのかな？　ミスター・コンフォートかい？　臨機応変にやろう。彼は自宅にいないかもしれない。あるいは第二のミセス・コンフォートと顔をあわせることになるかもしれない」

ジェフリー・コンフォートは村のはずれにある大きな邸宅に住んでいた。

「ビニール袋にじゃがいもを詰めて、これだけのお金を稼げるとは思ってもみなかった」アガサが驚嘆しながらいった。「なんだか、まちがった業界に入って人生をむだにしたっていう気がしてきたわ」

「誰もいないようだな」ジェームズは霧を透かし見ながらつぶやいた。「いや、ちょっと待って。一階のカーテンの隙間から光がもれてるぞ」

車を停めて、家に近づいていきドアベルを鳴らした。

ひたすら待った。「泥棒よけのために明かりをつけていったのかもしれないわ」

アガサがいいかけたとき、ドアがいきなり開き、中年の男がそこに立って彼らに険しい視線を注いでいた。とても太って丸々としていて、彼自身がじゃがいものようだった。洗って、スーパーマーケット用に袋詰めされたじゃがいもだ。太った顔がわずかに日に焼け、ポテトの芽さながら、顔にふたつ黒いほくろがあるせいで、さらにその印象は強まった。

「はい？」

「ミスター・コンフォートですか？」

「そうだが」

「ジェームズ・レイシーと申します。こちらはミセス・アガサ・レーズンです」

「それで？」

「ミセス・レーズンのご主人が最近殺されたのです。彼はあなたの奥さまと同じ時期に健康施設に滞在していました」

「くそったれめ！」重いドアが二人の鼻先でバシンと閉められた。

「これからどうする？」アガサがたずねた。

「いちばん近くのパブに行き、飲んで食べよう。今はまさにそれが必要だ。もう一度ベルを鳴らして、彼に話をしてくれとは頼めそうにもないからね」

窓が開き、ミスター・コンフォートの丸い顔が現れた。「それから、さっさと帰ってくれ。さもないと犬をけしかけるぞ！」

二人は大急ぎで車を出し、ジェームズは私道でハンドルを切って、あやうくキジをよけた。

「あの馬鹿な鳥はどうして外をうろついてるんだ？　他の鳥といっしょに、どうして木のあいだにいないんだろう？　まったくもう、田舎に住む生き物はどいつもこいつも自殺願望があるのかな？」

「ジンをバケツ一杯ぐらい飲みたい気分だわ」アガサが憂鬱そうにいった。「あなたは運転があって残念ね」

「気にしなくていいよ。呼気検査でぎりぎりひっかからないぐらいは飲むから。どちらかといえば、食べるほうに興味があるんだ」

二人は村のパブを見つけた。〈つづれ織りの肘掛け〉という妙な名前の店だった。バーカウンターの横の黒板にメニューがチョークで書かれていた。ジェームズは声に出して読みあげていった。

「ジャンボソーセージのポテトフライ添え、カレー風味チキンのポテトフライ添え、ラザニアのポテトフライ添え、フィッシュ・アンド・チップス、プラウマンズ・ランチ」

「どこか別の店に行ったほうがいいんじゃない？」

「この霧じゃね。プラウマンズをふたつ頼んで、おいしいことを祈ろう」

パブは氷を切らしていたせいで、アガサのジントニックはぬるかった。

霧が部屋にまで流れこんできた。アガサは食べかけの皿を押しやると、煙草に火をつけた。「にらまないで、ジェームズ。こんなに霧が出ているんだから、わたしの煙草の煙が加わっても変わりないわよ」

「ところでハーディはきみの提案を受け入れると思う？」

「いいえ、思わないわ。結局、彼女が望む額を支払うことになるでしょうね。馬鹿げているのはわかっているし、すぐ近くで他の家を手に入れられるだろうとは思うけど、あの家がどうしてもほしいの。家に忍びこんだとき、庭に気づいた？　そこらじゅう雑草だらけだったわ。植物が嫌いなのに、どうして田舎で暮らそうとするのかしら？」アガサは自分のことを棚にあげていった。それからぬるいジンに顔をしかめると、テーブルのそばの棚に置かれていたゴムの木の鉢に酒を捨てた。

「もう一杯試すつもりはないだろうね？」

「いいえ、もうたくさん。それに、ぬるいビールも好きじゃないし」

二人は外に出た。霧は晴れ、さわやかな風が吹いていた。頭上では、流れていく雲のあいだから小さな月がのぞいている。アガサの頭にブナの実がバラバラと落ちてきた。「また木の実！」

家に帰ると、ジェームズは疲れた声でいった。「なんだか堂々巡りをしていて、どこにも行き着かない気がしてきたよ。警察がすべての情報を握っている――前歴、アリバイ、銀行口座をチェックしているんだ。明日、愛人の秘書に会いにロンドンに行く意味があるかな？」

「もちろんよ」調査を止めたら、ジェームズはまたどこか外国に行ってしまうのではないかと恐れて、アガサは力をこめた。「朝になれば気分がよくなるわよ」


ヘレン・ウォリックは下院ではなく、ケンジントンのグロスター・ロードにあるヴィクトリア朝様式の建物の一室にいた。ヘレンが玄関に出てきたとき、アガサはこの女性が本当にサー・デズモンドの愛人だったのかと目を疑った。ヘレンはぽっちゃりしておっとりした感じの女性で、目は淡い灰色、ブロンドの髪は古めかしい一本の編み髪にして背中に垂らしていた。注文仕立てのシルクのブラウスにツイードのスカート、はきやすそうなヒールの低い靴という服装で、メイクはしていなかった。

ジェームズは本名を名乗り、来訪の理由を説明した。「お入りになってください」ヘレンはいった。

部屋は広く、かなり暗かったが、リビングの暖炉では火が盛大に燃えていて、とても居心地がよかった。窓辺の磨かれたテーブルには、紅葉とキクを活けた大きなボウル。ソファと椅子は羽毛クッションだった。暖炉の上には、ヴィクトリア時代のすぐれたイギリスの風景画がかけられていた。どうやらミス・ウォリックには資産があり、ずっと裕福に暮らしてきたようだった。

「デズモンドの死を聞いてショックを受けました」ヘレンはいった。「わたしたち、いい友だちだったんです。彼はいつだって、とても親切で、礼儀正しかったわ。奥さまにこんなぞっとする形で関係が知られて申し訳なかったと思っています。その恐喝というのは、どういうことなんですか？」

そこで二人はジミー・レーズンとミセス・ゴア＝アップルトンについて洗いざらい話した。「その人たちなら覚えています」ヘレンはいった。「いいえ、わたしをゆすろうとはしませんでした。わたしはまっすぐ警察に行くタイプの人間ですし、向こうもそれがわかっていたんでしょう。あの人たちはどうにも好きになれませんでした。どうやってわたしの本当の身元を知ったのかは、わかりませんけど」

「あなたのハンドバッグをのぞいたのかもしれないわ」アガサがいった。

「そして、クレジットカードの名義がちがうことを見つけた？　たぶんそうですね。恐ろしい人たちだわ。今になって考えてみると、あの人たちが調べた日もほぼわかります」

「二人について話してください」アガサは意気ごんでいった。「わたしたちがこれまで訪ねた人はみんなあいまいなんです。ジミーと寝た人ですら」

「そうですねえ……お二人ともコーヒーはいかが？」

「いえ、けっこうです」ジェームズはいった。話を聞きたくてたまらなかったし、いったんヘレンがキッチンに入っていったら、気が変わって話してくれなくなるかもしれないと不安だった。

「最初は、デズモンドもわたしも健康施設のことは冗談のつもりだったんです。健康にはあまり関心がありませんでしたし。いっしょに過ごすのにおもしろそうな場所だと思っただけです。ジミー・レーズンは人生の落伍者でした。わたしたちは同じ日に到着したんです。彼はまだお酒の臭いをプンプンさせていました。でもたった二日後には、別人みたいに見えましたよ。いつも、みんなにおべっかをつかい、やたらにわたしをおだて、ありとあらゆる名士を知っていると吹聴していました。名士をファーストネームで呼ぶタイプの人間だったんです。オスカー賞を獲得した親友のアンソニーのことはしょっちゅう話題にしていました。あとで、それがアンソニー・ホプキンスのことだってわかったんですけどね。ジミーは彼と顔見知りですらないと思います。ミセス・ゴア＝アップルトンも似たり寄ったりの人でした。彼女は――なんていうか――わたしの神経を逆なでする女性でした。上っ面だけ甘ったるい不快な態度をとるんですよ。たとえば、さんざんお世辞を並べながら、わたしがそれを受け入れるかどうか確かめようと鋭い目でじっと観察したり。とうとうデズモンドは、自分たちだけで過ごしたいと二人にいいました。その翌日から――施設に着いてから五日目ですが――わたしたちに含みのある視線を向けはじめ、テーブルのわきを通り過ぎるときには、小馬鹿にした笑い声をあげるようになったんです。わたしがレディ・デリントンじゃないことを発見したにちがいありません。

他にはお話しすることもありませんわ。ジミー・レーズンはこすっからい男だと思いました。昔の闇屋みたいに。彼にはどことなく、さもしいところがありました。新聞記事だと、あなたは長いこと彼と会っていなかったようですね、ミセス・レーズン。そのゴア＝アップルトンという女性はブロンドでたくましく、ひとかどの人物に見せようと努力していましたけど、彼女にはとてもおかしなところがあったんです。それについてはのちほどお話しします。コーヒーを淹れますから、そのあいだにもう少し考えてみますね」

アガサとジェームズは彼女がトレイを持って戻ってくるまで待っていた。コーヒーだけではなく、自家製のトーストしたティーケーキも添えられていた。

「本当にご自分で作ったんですか？」ジェームズがうっとりした様子でケーキを口に

運びながらたずねた。「完璧ですよ。それにコーヒーも最高です」ジェームズは長い脚を伸ばした。「とても居心地がいい部屋ですね」

ヘレンはゆっくりと笑みをこしらえた。「ロンドンに来るときに、お時間が空いたらお寄りください」

アガサは体をこわばらせた。ふいに、このぽっちゃりした女性がどんなブロンドのスリムな女性よりも手強い競争相手に思えた。すぐにでもジェームズをここから連れだしたかった。

しかしヘレンはまた話を始めた。「ジミーがある女性と寝たとおっしゃっていましたね？」彼女は笑った。「その婉曲的な表現、気に入りました。『寝た』って。実際は寝る以外のことをしているんですけど」ヘレンがほがらかな心地よい笑い声をあげたので、アガサはクマのような目に憎悪をありありと浮かべて彼女をじっとにらみつけた。

「お相手はミセス・コンフォートだったんでしょう、ちがいます？」

「どうしてわかったんですか？」ジェームズがたずねた。

「ああ、彼はミセス・コンフォートにとりいっていたし、ゴア＝アップルトンは彼をけしかけていましたから。彼がこういうのを聞きました。『今夜、彼女をものにするよ』するとミセス・ゴア＝アップルトンは笑ってこういいました。『楽しんでらっしゃい』で、翌朝、しぐさや何かでわかりました。ね、いいたいことはおわかりよね、ジェームズ？」

「ええ、もちろん」

この女を殺してやりたいわ、とアガサは思った。

「そしてあの気の毒な独身女性、彼女は殺されたんですよね」ヘレンはわざとらしく身震いした。「コーヒーのお代わりはいかが、ジェームズ？」

ヘレンの注文仕立てのシルクのブラウスは深いVネックで、コーヒーポットをとろうと前屈みになると、フリルつきのブラジャーに包まれたふたつの完璧な乳房がジェームズから見えるような角度であらわになった。アガサは絶対にわざとにちがいないと思った。

ジェームズはコーヒーのお代わりをもらい、さらにティーケーキをとった。アガサは心の中でうめいた。

ヘレンはいきなりアガサを見た。「思いだしたわ。あなたとミスター・レイシーは結婚することになっていたけど、ジミーが結婚式に現れたんでしたね」彼女はまた笑い声をあげた。「大変な騒ぎだったでしょう。これでもう結婚できますね」

「ええ」アガサはいった。

「まだその計画はないんです」ジェームズはいった。

気まずい沈黙が広がった。

「もう失礼します」アガサが切り口上にいった。

「コーヒーを飲み終えるまで待ってくれないかな？」とジェームズ。

立ちあがりかけていたアガサはまた腰をおろした。

「レイシー、レイシーっていうと」ヘレンがいいだした。「もしやロバート・レイシー少将のご親戚かしら？」

「父です。数年前に亡くなりました」

「まあ、それじゃあ、ご存じかしら……」そしてそのあとにアガサが心から忌み嫌っている会話が続いた。ジェームズとヘレンは、アガサの知らない人々について活発なおしゃべりを始めた。

とうとう、これ以上ここにすわっていたらわめきだすにちがいない、と思ったとき、ジェームズがあきらかに名残惜しそうに立ちあがった。

帰り際に、アガサがまずぶっきらぼうにお礼を述べた。ついでジェームズはヘレンの頬にキスして、またお会いしましょうと約束して自分の名刺を渡し、彼女の名刺を受けとった。

カースリーまでの帰り道、アガサはずっと腹を立てていた。仕事に就かずに男にたかる性悪女について、アガサは嫌味たっぷりに批判した。ヘレンは下院議員の秘書として仕事をしていると、ジェームズは指摘しようとしたが、それはアガサの機嫌をいっそうそこねただけだった。ジェームズはアガサをコテージで降ろすと、人に会わなくてはならないといって走り去った。かたやアガサは彼がロンドンに引き返し、ヘレンと一夜を過ごすのではないかという、荒唐無稽な嫉妬に苦しめられていた。ようやくベッドに入って本を読むことにした。しかしそのあいだじゅう、玄関のドアで鍵が回る音がしないか耳をそばだてていた。とうとうジェームズは真夜中少し過ぎに帰ってくると、階段を上がってきてバスルームに入っていった。それから入浴する物音がしていたが、彼女におやすみと声もかけずに自分の部屋に行ってしまった。アガサの部屋のドアの下から明かりがもれていることに、絶対に気づいたはずなのに。

アガサは頭を持ちあげると、枕に拳をたたきつけた。それから明かりを消し、心を静めて眠ろうとした。しかし眠りは訪れず、何度も寝返りを打った。ジェームズをかっさらおうとする女性がうようよしている世界が頭に浮かび、アガサを苦しめた。

そのとき、はっと身を硬くした。階下のどこかからかすかな物音がしたと思うと、郵便受けがカタンと鳴り、水のようなものが注がれる音が聞こえてきたのだ。ガウンをはおると、階段を駆けおりていった。アガサが玄関ホールに通じるドアを開けたとき、手袋をした手が火のついたマッチを郵便受けから投げこんだのが見えた。アガサがリビングの方にあわてて後ずさって、「ジェームズ！」と叫んでドアを閉めたとたん、炎が彼女めがけて燃えあがった。

ジェームズが急いで階段を下りてきた。「火をつけられたの！」アガサは叫んだ。アガサはもう一度ドアを開けようとしたが、彼は引き留めた。

「バスルームに行き、床に水をまいてくれ。その下が玄関ホールなんだ。茅葺き屋根に火が回るのを防がないと」

ジェームズはキッチンに走っていき、アガサは急いで階段を上がった。ジェームズはバケツに水を満たし、急いで戻ると、リビングのドアめがけて水をぶちまけた。ドアはすでにくすぶり、パチパチいいはじめていた。

二階ではアガサが恐怖にすすり泣きながら、水をバスルームの床にまいていた。外から叫び声や怒鳴り声がする。パブの主人ジョー・フレッチャーが叫んでいる。

「その土をまき続けるんだ。消防車の到着を待っていられない。ああ、ミセス・ハーディ。もっと土を。そのまま土をまいてくれ！　こいつはガソリンの火事だ。臭いでわかる」

やがてジェームズが「もう大丈夫だ、アガサ」と叫んだとき、パトカーと消防車のサイレンの音が遠くから聞こえてきた。アガサはのろのろと階段を下りていき、両手で頭を抱えていちばん下の段にすわりこんだ。

リビングのドアが少し開いていて、黒焦げになり、くすぶっている狭い玄関ホールの残骸が見えた。放りこまれた土で山ができていた。

「誰がこんな真似をしたんだ？」ジェームズが怒りのこもった声でいった。「何者かがわたしたちを生きたまま焼こうとしたんだ」

「たぶんヘレン・ウォリックよ」アガサはいうと、わっと泣きくずれた。

7

ふいに、家じゅうに人があふれたように感じられた。

警官のフレッド・グリッグズ。パジャマの上にセーターとズボンを着ているミセス・ブロクスビー。パブの主人、ジョー・フレッチャー。ミセス・ハーディ。さらに、さまざまな村の人たち。

「ここにいるミセス・ハーディの迅速な行動を感謝しないと」フレッドがいった。

「消防署に電話してから、土を入れたバケツを持って走ってきて、火にかけたんですよ。ガソリンの火事のときは水だけだと、なかなか消火できないからね」

「大丈夫でしたか、ミセス・レーズン？」ミセス・ハーディのふだんは不機嫌そうな顔が今は心配そうだった。

「ちょっと震えあがったわ」アガサはいった。

「誰がこんな真似をしたのかしら？」

アガサはぶるっと体を震わせると、両腕で自分の体をきつく抱きしめた。「まったくわからないわ」

警察が到着し、さらにビル・ウォンとアガサの知らない他の二人の刑事が現れたときには、カースリー婦人会がキッチンを仕切って、全員にお茶をふるまっていた。アガサはみんなにあれこれ気遣ってもらい、お手製のケーキを渡された。ジョー・フレッチャーはパブからビールを一ケース運んできて、男性に飲み物を出した。ジェームズは人であふれたコテージを面白そうに眺めながら、音楽でもかけて、パーティーをしようかと考えた。

しかし警察は消防隊長から報告を聞くと、全員をコテージから追いだし、刑事たちはアガサとジェームズに話を聞くために腰を落ち着けた。

「あなたはまたでしゃばって、事態を混乱させているようですね」ビルはアガサを責めた。「今日は誰に会いに行ったんですか？」彼はちらっと時計を見た。「もうきのうですが」

ジェームズはアガサを警告するように見たが、彼女は無視した。

「ヘレン・ウォリックよ」

「なんだって！　サー・デズモンド・デリントンと浮気していた例の秘書ですか？

お二人には関わるなと伝えたはずですよ」

ジェームズが用心深くいった。「それは承知している。だけど、この殺人事件、というか複数の殺人事件が解決されるまで、アガサとわたしはずっと容疑者の気分なんだ」

「それについてはあとでお話しします。さあ、他には誰に会ったんですか？」

「きのうは他には誰も」

「では、その前日は？」

ジェームズは口ごもった。それから肩をすくめると答えた。「ミセス・コンフォートは愛人といっしょにスペインに行ってしまった。ミルセスターに住んでいるバジル・モートンという男だ。結婚していて、妻は夫が何をしているかまったく知らなかった。それで帰ってきたんだ。それからアシュトン・ル・ウォールズに住むミセス・コンフォートの元夫に会いにいった。帰らないと犬をけしかけるぞと脅されたよ。以上だ」

「で、どうやってミスター・コンフォートについて知ったんですか？　住所は？　考えてみると、健康施設にいた人々の住所をどうやって知ったんですか？」

アガサがいった。「ロイ・シルバーが探偵を雇ってジミーについて探りだしたの。

探偵は住所も調べてくれたのよ」

「名前は？」

「よく覚えてないわ」アガサは言葉を濁した。

「シルバーに訊いてみましょう」

アガサは困ったようにジェームズを見た。

「嘘をつく必要はないよ、アガサ」ジェームズがいった。「わたしたちは健康施設に短期滞在したんだ、ビル。向こうにいるあいだに記録を見るチャンスがあってね。少し睡眠をとるまで、残りの質問は延期できないかな？　二人ともふらふらなんだ」

「わかりました。ただ、できるだけ早く警察署に来ていただきたいですね」

ビル・ウォンは他の刑事といっしょに立ち去るとき、マディに報告することがどっさりあるぞ、と思った。それからすぐに思い直した。冗談じゃない、そんなことをするものか。それにしてもゴア＝アップルトンという女性が見つからないのは奇妙だった。


村の大工は一時的な補修がうまく、翌日ジェームズが保険会社に電話しているあいだに、合成樹脂の板を打ちつけ、急ごしらえのドアを作ってくれた。ミセス・ハーディはアガサに電話をかけてきて、ちょっと隣まで足を運んでもらえないか、といってきた。「彼女の望みが何なのか聞いてくるわ、ジェームズ」アガサはいった。「それからミルセスターに出発しましょう」

アガサはおそるおそる隣に出かけていった。ミセス・ハーディのことは大嫌いだったが、彼女は火を消すためにできる限りのことをしてくれたのだ。そればかりか、わたしたちの命を救ってくれたんだわ、とアガサは思った。もっともそれは大げさだったが。逃げようと思えば、二人とも裏口のドアから逃げだせたからだ。

しかし玄関に出迎えたのは、人がちがったようなミセス・ハーディだった。

「入ってちょうだい、大変だったわねえ。まったく恐ろしいできごとだったわ！」

「わたしたちのために手を貸していただき、ありがとうございました」アガサは彼女のあとからキッチンに入っていった。

「コーヒーは？」

「ええ、いただきます」

ミセス・ハーディはふたつのカップにコーヒーを注いだ。二人はキッチンのテーブルについた。

「単刀直入にいうわね」ミセス・ハーディが指輪をはめた手でカップをそわそわとひ

ねりながら切りだした。「わたしは平和と静けさを求めて田舎に腰を落ち着けようと考えたの。ところがあまりにも静かすぎると思っていたところに、ゆうべあなたの身に起きたことですっかり怖くなってしまって。とてもじゃないけど、あれは刺激的なこととはいえないわ。頭のおかしな人間がうろついているわけだし。この土地を離れたいと思っているの。十一万ポンドというあなたの提示額を受け入れるつもりよ」

アガサはもともと提案していた十三万ポンドにしてもいいわ、といいそうになったが、かろうじてその言葉をのみこんだ。

「いつ弁護士事務所で契約をします？」

「今日にでも、よろしければ」ミセス・ハーディはいった。

「実は、これからミルセスターに供述をしに行くの。そこからチェルトナムに回れるわ。四時頃でいかがかしら？」

「それで調整するわ」

「ねえ、教えて」アガサは好奇心からたずねた。「殺人や放火は別にして、カースリーのどこが気に入らなかったのかしら？」

ミセス・ハーディは小さくため息をついた。「主人が亡くなってからとても孤独だったの。小さな村は友好的な場所だろうと思ったんだけど」

「あら、友好的よ！」アガサは反論した。「こちらがチャンスを与えさえすれば、みんな友だちになってくれるわ」

「だけど、そのためには教会に行ったり、パブで田舎者たちとおしゃべりしたり、ぞっとする婦人会とかに入らなくてはならないでしょ」

「そういうことも楽しいわよ」

「でも、わたしにはそう思えないの。都会が好きなのよ。ロンドンに家を借りるわ。荷物は倉庫に預けて、数週間サービスつきの部屋で暮らしながら、あちこち物件を見て回るつもり」

しかし、友人が作れないというミセス・ハーディの言葉に、カースリーに来る前のアガサ自身の寂しい日々が甦《よみがえ》り、胸が痛くなった。

アガサはいった。「このまま暮らしてみたらどうかしら？　わたしたち、友だちになれるかもしれないわ」

「まあ、やさしいのね」ミセス・ハーディは苦い笑みを浮かべた。「ご自分のコテージをとり返したくないの？」

「それは、そうだけど……」

「じゃ、とり戻してちょうだい。今日の午後、弁護士事務所で会いましょう」

「というわけだったの」数分後、アガサはジェームズに報告した。「だから、まもなくわたしは自分の家に帰るわ。すべての書類にサインをしてくれたら、二週間後に引っ越してきていい、と彼女が帰り際にいってたから」

ジェームズはかすかないらだちを感じた。ついさっきまでは、煙草の灰をそこらじゅうにまきちらすアガサ・レーズンがいなくなって、自分のコテージを一人だけで使いたいと切望していたのだが。この家を出ていくことが決まり、アガサがもう少し残念そうな顔をしてもよさそうなものなのに、とジェームズは思った。

「じゃあ、用意ができたなら、警察に出かけよう」ジェームズはいった。

走っている車の前に、木の葉がひらひらと舞い落ちてきた。空は渦巻く黒いぎざぎざの雲で覆われている。そこから吹きつけてくる突風に、秋の木の葉が翻り、ダンスをしている。

田舎では静止しているものはひとつもなかった。車の屋根にバラバラと木の実が降ってきた。クワリー修理工場で車を降りてきた女性が、風でまくれあがらないようにスカートを押さえた。古い新聞紙がふわりと宙に浮かび、耕された茶色の畑の畝《うね》でとんぼ返りをして、激しいダンスをしている。そしてどこかで、殺人者がうろついていった。

「火事は絶対に、あのヘレン・ウォリックと関係があるにちがいないわ」アガサはいるんだわ、とアガサは思った。

「馬鹿なことをいわないでくれ」ジェームズが語気を強めた。「ロンドンからわざわざやって来て、わが家の郵便受けにガソリンを流しこんだっていうのかい？　理由は？」

「賭けてもいいけど、彼女は何かを知っているにちがいないわ」

「ふうん、そうか。じゃ、また彼女に会ってきたほうがよさそうだな」

「ええ、そうしたいならどうぞ」

「したいとも。彼女は魅力的な女性だと思うよ」

「男の人ってまったく本質が見えていないね。彼女は狡猾《こうかつ》で心のねじ曲がった人だわ。それに欲の皮が突っ張ってるし」

「きみの嫉妬深い意見ではね、アガサ」

「あんなぽっちゃりした野暮ったい女に嫉妬するものですか。わたしたちはゆうべ殺されるところだったのよ」

「庭に出られる裏口がなければね」

「二人ともぐっすり眠ってたらどうなったかしら？」

それには答えがなかった。

それからミルセスターまで、二人とも黙りこんだままだった。警察署ではたくさんの質問に答えさせられた。今回はウィルクス警部が質問を担当し、隣にビル・ウォンがすわっていた。アガサは汗をかきはじめた。自分かジェームズがぽろりと口を滑らせ、他人の家に侵入したことがばれるのではないかと怖かったのだ。

ようやく終わると、二人は供述書にサインし、ビルに厳しく釘を刺された。

「お二人を警察の業務を妨害した罪で告発するべきかもしれないですね。警告するのも今回が最後ですよ。あなたたちの目には警察の仕事がのろいように見えるかもしれないが、こちらは徹底的にやっているんです」

二人は懲らしめられた気分で警察をあとにした。二階の窓から、マディが親指の爪を噛み、帰っていく二人を眺めていた。彼女は取り調べに立ち合うようにいわれなかったのだ。あれっきり、この事件の捜査は一切命じられなかった。その代わり、一連の押し込み事件を担当させられていた。上司が自分を冷遇するようになったのは、ビル・ウォンのせいだと思った。

ビルはいいふらしていなかったが、マディが彼をそでにしたことが大きく関係しているにちがいなかった。ビル・ウォンはとても人望があり、マディはそうではなかった。警察においてすら、女性は女性らしくあることが期待されているのだ。警察に勤める女性は、同僚の男性警官を捨ててはならなかった。というわけで、ウィルクス警部は「この事件にマディ・ハードは不要だ。ビル・ウォンにあんな態度をとったからな」とはいわなかったし、そうはっきり考えたわけでもなかったが、彼女はこの仕事に適任ではないと判断したのだった。

アガサはコテージを買い戻す契約を完了したが、良心がとがめて最終的に十二万ドルを提案した。ミセス・ハーディを誤解していたと思ったし、仲間意識のようなものを感じたからだ。

弁護士事務所を出るときに、アガサは思わずこういっていた。「ねえ、土曜日の夜に村のホールでダンス・パーティーがあるの。わたしやジェームズといっしょに行かない？　すぐに断らないで。わたしもそういうものは嫌いだと思っていたけど、とてもおもしろいのよ。それに、りっぱな理念のためでもあるの。がん救済協会のためのお金を集めるのよ」

ミセス・ハーディは気のない笑みを浮かべた。これまでの攻撃的なところがすっかりなくなってしまったように見えた。「そうね、行くかもしれないけど……」彼女は口ごもった。

「その調子。考えてみてね」アガサはさよならと手を振ると、車に戻った。そこではジェームズが待っていた。

「さて、これで完了よ」アガサは陽気にいった。「彼女、それほど悪い人じゃなかったわ。土曜日のダンス・パーティーにいっしょに来たらって誘ったの」

ジェームズはうめいた。「わたしたちも行くとは思ってなかったよ」

「もちろん行くわよ。わたしたちがいない村のダンス・パーティーなんて、考えられないでしょ」


アガサは土曜のダンス・パーティーのために、シフォンのエレガントなブラウスに黒のベルベットのスカートをあわせながら、村のダンス・パーティーでも、イブニングドレスが時代遅れになっていなければよかったのにと思った。本格的なイブニングドレスはやはりゴージャスだ。ただミセス・ハーディに〝付き添って〟ダンス・パーティーに行くなんて、いわなければよかったと思いはじめていた。でもまあ、ジェームズが品定めしても、目を引きつけるような女性は、村には一人もいないだろう。彼はまちがいなく女性を品定めしていた。ヘレン・ウォリックに対する関心がいい証拠だ。

ジェームズが「時間がほしい」といったのは、希望が持てるようなことを意味していたはずだ。休暇として北キプロスにいっしょに行ってもいい。必ずしもハネムーンである必要はなかった。アガサは化粧台の前にすわり口紅を唇に近づけながら、二人で浜辺をおしゃべりしながら歩いている光景をうっとりと想像したので、目の焦点がぼやけてきた。

それから肩をすくめ、鏡の前にかがみこんで念入りに口紅を塗った。ジェームズがいつもやさしいことをいってくれる、アガサが聞きたいと願っているようなうれしい言葉をいつもいってくれる、それはただの夢だった。実際のジェームズが話すのは本のことか政治状況についてだけだ。アガサは立ちあがった。スカートのウエストあたりがゆるくなっている。あの健康施設に短期間の滞在をしたせいではない。ジェームズといっしょに暮らして、ジェームズがていねいにこしらえた料理を食べていたせいだ――フライはなし、ヨークシャープディングもなし。食事の前におやつを食べようという気にもなれなかった。なぜなら、あらゆるものに対して彼の許可をとらねばならないような気がしていたので、おやつを食べたいといって大食いだと思われるよりも、何も食べないほうがましだったからだ。顔は前よりもほっそりして、肌は透明になった。四十歳でも通るわ——たぶんね、とアガサは思った。

ミセス・ハーディを迎えに行き、村のホールに向かって歩きながら、アガサはちらっと隣人を見て、せめてドレスにもう少し気を配ればいいのにと思った。ミセス・ハーディはレインコートの下に、かなりゆったりしたグリーンのツイードのスカートと黒いシャツブラウスを着ていた。

「これはあまりいい思いつきじゃないかもしれないわね」ミセス・ハーディがいった。「ダンスは好きじゃないの」

「ちょっとだけ顔を出して、何か飲んでいって」アガサが勧めた。「それから気に入らなければ、帰ってもかまわないのよ」

村のホールはまばゆい明かりがあふれていて、村のバンドの陽気でにぎやかな音が聞こえてきた。「今夜は古くさいダンスみたいね、ディスコじゃなくて」アガサはいった。「ヘビメタもないわ」

「《プライド・オブ・エリン・ワルツ》やミリタリー・ツー・ステップみたいな昔ながらのダンスってことかしら?」

「そうよ」

「ああ、それなら大丈夫」ミセス・ハーディはいった。「最近そういうダンスを踊る人にはまったく会ったことがなかったの。エクスタシーでも飲んで、激しく踊り狂うのかと思ってたわ」

三人は急ごしらえのクロークにコートを預けた。そこを担当しているのはミセス・ボグルだった。「一人五十ペンスだよ」ミセス・ボグルはいった。「それから、自分でコートをかけてちょうだい」

「村のホールのクロークで料金をとられたのは初めてだわ」アガサがいぶかしげにいった。

「わたしがただ働きをするとは思ってないだろうね」ミセス・ボグルが不機嫌に応じた。

ジェームズがお金を支払い、そのあとから二人の女性は村のホールに入っていった。

「次のダンスはカナダのバーン・ダンスです」司会者のアルフ・ブロクスビーが放送した。

ジェームズはミセス・ハーディの方を向いた。「やってみますか？」

「どうしようかしら……」

「あら、ぜひ踊ってきて」アガサは寛大になろうと決めて勧めた。それにもうすぐ自分の家に戻れるのだから。

ジェームズとミセス・ハーディはダンスフロアに出ていった。アガサがバーカウンターに行くと、パブの店主のジョー・フレッチャーが飲み物を出していた。店のほうは妻と息子に任せてきたのだ。「ジントニックをお願い、ジョー」アガサはいった。

「はいよ。殺人事件の捜査はどんな調子だい？　誰かつかまったのかな？」

アガサは首を振った。

「妙だよね？　それに映画館で気の毒な女性が殺されただろ。どうやら、警察は二件の殺人は関連性がないって考えているようだよ」

「いつから？」

「さあ。フレッド・グリッグズがそんなようなことをこのあいだいってたけど」

彼は注文をこなすために他の人の方を向いた。

アガサはミセス・ブロクスビーがすぐわきにいるのに気づいた。

「ミセス・ハーディはようやく殻から出てきたようね」牧師の妻は意見を述べた。

アガサは振り返って、ダンスフロアを眺めた。ミセス・ハーディは意外なほど優雅に踊っていた。ジェームズが何かいったことに笑い声をあげている。

「それに、わたしの勘違いじゃなければ、露骨に誘うような目つきをしているわ。もっとも」とミセス・ブロクスビーはあわててつけ加えた。「競争相手にならないでしょうけど。あなたは最近とてもスリムになって、すてきだわ」

「ジェームズの料理のおかげよ。ミセス・ハーディを元気づけようと思って連れてきたの。今は陽気になりすぎないように、このままこの村に居座る気にならないように祈るばかりだわ」

「だけど、コテージは取り戻したんでしょ？」

「ええ、すべてサインして契約を結んだわ」

「それなら、あの人も手の打ちようがないわよ」

「ジェームズがわたしの善きサマリア人の行動に感化されなければいいんだけど。彼が次のダンスにも誘ったら、彼女を殺してやりたくなるわ……あらまあ、人って簡単にこういう言葉を口にするものね。ジミーを殺した犯人は永遠に見つからないかもしれないわ」

「あっちの隅にすわりましょうよ。バンドの音がうるさいから。それについて聞かせて」ミセス・ブロクスビーはいった。

アガサはためらった。ちょうどダンスが終わった。しかし、ジェームズはミス・シムズに次のダンスを申し込んでいる。

「いいわよ」アガサはいった。二人は飲み物を手に、ホールの隅の二脚の椅子の方に向かった。

「あなたはたぶん、すでにいろいろ知っているでしょうね」アガサが口を開いた。

「ジミーと、うさんくさい慈善団体を主宰していたミセス・ゴア＝アップルトンは、健康施設に滞在していたの。そして他人の秘密を探りだしては、滞在客をゆすっていたのよ。そのうちの一人がジミーを殺したにちがいないわ」彼女は調べたことを洗いざらいミセス・ブロクスビーに話した。

ミセス・ブロクスビーは熱心に耳を傾けてからいった。「いちばん怪しい容疑者は、ミセス・ゴア＝アップルトン自身だと思うわ」

「だけど、二人は組んでいたのよ！」

「そのとおりね。だけど、ジミーはまたお酒を飲みはじめて、どん底に落ちた。ただしあなたの結婚式にやって来たときは、しらふだったのよ。だから、そう、その前に比較的お酒を断って、お金を必要とした時期があったはずよ。当然、昔の庇護者を捜したんじゃないかしら？　だから、こう考えてみて。彼女はもうジミーとは一切関わりを持ちたくないと思った。ただしジミーは一時は彼女と親密だったから、不正な慈善活動について知っていた。警察が彼女を捜していることも知っていた。それでこんなふうにいった。『金を払え。さもないと、あんたの居所をばらすぞ』ちょっと待って。それはジミーがこっちに来る直前のことだったにちがいないわ。彼はカースリーに行くつもりだと話す。彼女はジミーをつけていき、絶好の機会を待つ。ぐでんぐでんに酔っ払って、妻と争いを起こしたばかりのとき以上に、いいタイミングはなかったでしょうね」

アガサは口をポカンと開けていたが、ようやく声を出した。「すべてそんなに単純なことだったのね。たしかに、そういうことが起きた可能性はあるわ。だけど、もちろん警察はこの女性を見つけられるはずよ。情報源や何かがあるんですもの」

「彼女は名前を変えたかもしれないわ」

「それもありえるわね。ミセス・ゴア＝アップルトンが他の名前に変えたかどうか、公文書館に照会したのかしら。当然、もうしているはずね」

「彼女は昔も今も犯罪者なのよ、アガサ。簡単に偽の書類を手に入れられるわ。調査しているときに、彼女以外で殺人者らしき人物と出会った？」

「誰が犯人だっておかしくないわ。死体のそばにあった男性の足跡は目くらましかもしれないし。わたし、女性が犯人にちがいないっていう気がするの。秘書のヘレン・

ウォリックはまったく油断ならない人よ」

「男性を絞め殺すにはかなり力がいるでしょ」

「ミセス・コンフォートがミセス・ゴア＝アップルトンについて、奇妙なことをいってたの。まるで男みたいに見えたって」

「じゃあ、彼女はもしかしたら女性のふりをしている男性かもしれないってこと？」

「あらゆる可能性が考えられるわね」

「そこにいたのか」ジェームズが現れた。「ダンスはどう、アガサ？」

「ちょっとすわってちょうだい」アガサはいった。「ミセス・ブロクスビーがいくつか思いついたの」ミセス・ブロクスビーがそれを説明し終えたとき、彼女の夫が女性からの申し込みタイムだと発表した。すると、ミセス・ハーディがやって来て、ジェームズの肩をたたき、脱走兵を逮捕する憲兵さながら彼をひったてていったので、アガサは憤慨した。

「あの人、また殻に閉じこもってくれればいいのに」アガサはぶつぶついった。壁の花になっているという昔なじみの感覚が甦ってきた。そのとき、今は女性からの申し込みタイムだということを思いだし、農夫の一人にダンスを申し込んだ。

ミセス・ブロクスビーはアガサを眺めながら、あの人はきれいだといってもいいほどだわ、と考えていた。たしかに目は小さすぎるし、どんなにスリムになったとはいえ、スタイルはいささかがっちりしすぎているけれど、すばらしい脚をしているし、茶色の髪は健康そうにつやつや輝いているわ。

アガサは殺人事件のことを忘れ、夜のひとときを楽しんだ。ジェームズは次のダンスをアガサに申し込み、それから二人はバーに移動して、打ち解けてお酒を飲んだ。ミセス・ハーディはすべてのダンスを踊った。その顔は紅潮し、目はきらきらしていた。

「あの意地悪なおばさんが、本当はいい人だったなんて予想外だったわね。わたしのいいたいこと、わかるでしょ」アガサはいった。

村のダンス・パーティーはいつものように真夜中に終わった。おやすみといいあっているとき、アガサはお金を集めていた老ミセス・ボグルが、すべてのコートをほったらかしにしていなくなっていることに気づいた。

彼らは歩いて家に帰った。ミセス・ハーディがジェームズの腕にしがみついて、すてきな夜だったわ、といっているので、アガサはいらいらしてきた。ライラック・レーンの角を曲がると、黒い人影が一段と濃い闇に包まれたやぶから立ちあがった。

頭上にかかるおぼろな月の光の中で、三人は恐怖にすくみながら、男が立ちはだかっているのを見た。覆面をした男は手に拳銃を持っていた。

「これは警告だ」しゃがれた声で男はいった。「手を引くんだ。念のためいっておくが、おれがいってるのは仕事のことで……」

拳銃がアガサの脚を狙って下に向けられた。

一瞬、三人は凍りついて動けなくなった。と、そのときミセス・ハーディの脚が空手の達人のように繰り出され、拳銃を男の手からたたき落とした。男は向きを変えて逃げていった。ミセス・ハーディは男のあとを追いかけようとしたが、つまずいて頭からころび、追跡しようとしたジェームズの足下に倒れこんだ。ジェームズは彼女の体につまずき、小道に大の字になってころがった。

アガサはどうにか声が出るようになると、助けを求めて叫びはじめた。

またもや警察の事情聴取。蒼白になって震えているアガサは銃がモデルガンだと知って、なぜかよけいに動揺した。ミセス・ハーディは非常に勇敢だったが、きわめて愚かだったと説教された。本物の拳銃だったかもしれないのだから。

「ああいう蹴り方をどこで身につけたんですか？」ビル・ウォンがたずねた。

ミセス・ハーディは笑った。「テレビのカンフー映画よ。たしかに馬鹿な真似をしたわね――彼の手から拳銃を蹴り飛ばしたのは、まったくのまぐれだったんです」

「覚えておいてください」ビルが警告した。「あの拳銃が本物で、弾がこめてあったら、発射されていたかもしれないんですよ」

「でも、彼女はとても勇敢だったと思うわ」アガサが温かい甘いお茶のカップを握りしめながらいった。

ジェームズとミセス・ハーディがまた事情聴取されているあいだ――その男の声はどんなふうだったか、身長は、服装は？――アガサはヘレン・ウォリックのことを考えはじめた。二人がヘレンに会いにいったら、まずジェームズの家が放火され、今度はこれだ。

何かしら関係があるにちがいない。

刑事たちがそのあたりを捜索している他の警察隊――武装警官、犬を連れた警官、ヘリコプターに乗った警官――に合流するために去っていき、ミセス・ハーディがようやく自分のコテージに戻っていくと、アガサはヘレン・ウォリックに対する疑惑をジェームズに話した。彼は肩をすくめていった。「そんなの馬鹿げてるよ」

「馬鹿げてなんていないわ！」アガサは叫んだ。

「ひどくショックを受けたせいだよ」ジェームズはなだめるようにいった。「明日、古い友人に会いにロンドンに行かなくてはならないんだ。きみは一日ベッドでゆっくり過ごしたほうがいいよ。いや、もう何もいわないで。きみはまともに頭が働かない状態なんだから」

アガサが九時に目覚めると、コテージにはもう誰もいなくて、ジェームズの車はなくなっていた。ふいに怒りがわきあがった。ふん、なによ。わたしもロンドンに行ってロイ・シルバーに会い、探偵が何か発見したかどうか聞いてくるわ。

ドアベルが鳴った。ジェームズが帰ってきたのかもしれないと期待しながら、走っていって玄関ドアを開けた。しかし階段に立っていたのは牧師の妻だった。

「あら、ミセス・ブロクスビー。どうぞ入って。ちょうどロンドンに行こうと思っていたところなの」

「マーガレットと呼んでと何度もいってるでしょ。それから、休んでいたほうがいいんじゃないの？」

「誰かつかまったの？」アガサは先に立ってキッチンに向かいながら、肩越しにたずねた。

「いいえ。まだ捜査中よ。村の森は捜査員と犬だらけ。その男は手袋をはめていた？」

「たぶんね。どうして?」

「ああ、指紋よ」

アガサはコーヒーメーカーのジャグをつかんだ。いきなり手が震えはじめ、ジャグをとり落とした。ジャグは割れはしなかったものの床をころがっていき、コーヒーをまき散らし、戸棚にバシャンとコーヒーがかかった。アガサはすわりこむと、わっと泣きだした。

「さあ、さあ」ミセス・ブロクスビーはアガサをテーブルの方に連れていった。「いいからそこにすわっていて。わたしがきれいに片付けるわ」

「ジェ、ジェームズはとても神経質なの」アガサはすすり泣いた。「叱られちゃうわ」

「わたしが掃除すれば」とコートを脱ぎながら牧師の妻はいった。「何が起きたのか、まったくわからなくなるわよ」

ミセス・ブロクスビーはシンクの下の戸棚を開けて、掃除道具と床ふき用の雑巾をとりだした。アガサが陰気な顔でハンカチを顔に押しあててグスングスン泣いているあいだに、ミセス・ブロクスビーは落ち着いてきぱきと立ち働いた。それからやかんを火にかけると、いった。「あなたにはお茶のほうがいいと思うわ。神経がかなり参っているのよ。それにしてもジェームズが留守なので驚いたわ。どうしたの?」

「古い友人に会う用があるっていってたわ」アガサは一瞬だけ冷静さをとり戻した気がしていたが、またさめざめと泣きたくなった。「だけど、旧友に会いに行ったんじゃないと思う。あの殺人鬼、ヘレン・ウォリックに会いに行ったのよ」

「お茶を淹れるから、それについて話してみて」

二人がテーブルにつくと、アガサはヘレン・ウォリックを訪問したときのことを詳しく語り、その訪問後、何者かが二人を焼き殺そうとし、さらにゆうべ覆面をつけた男に襲われ、ミセス・ハーディが拳銃を蹴り飛ばさなかったらアガサは脚を撃たれていたことを話した。

「そのゆうべの事件については聞いたわ。ミセス・ハーディはとても勇敢だったわね。だけど、あなたがキリスト教徒らしく彼女を村のダンス・パーティーに誘ったから、ああいう形で報われたのよ、アガサ。ささやかな親切があいうふうに報われると、人間の基本的な善意を信じる気持ちがさらに強くなるわ」

アガサは弱々しい笑みを浮かべた。「ボグル夫妻には通用しないみたいだけど」

「ああ、あの人たち、そうね……常に例外はあるものよ。だけど、ジェームズのヘレン・ウォリックに対する興味はたんに事件に関連したものなんじゃない？」

「ジェームズは女性の趣味が最悪なのよ」アガサはむっつりといった。「メアリー・

フォーチュンを覚えてる？」殺された離婚女性メアリー・フォーチュンは、亡くなる前にジェームズとの短い情事を楽しんでいたのだった。

「じゃ、あなたは別ってことね」ミセス・ブロクスビーは指摘した。「記者は来ていたの？　あれこれ質問しに」

「発砲未遂の件で？　まさか。警察はマスコミにわずらわされたくないので、しばらく秘密にしておきたいんじゃないかしら。村の人たちもマスコミにはうんざりしているし、誰も新聞社に電話したりしないわよ。わたし、ロンドンに行って、ロイ・シルバーに会って何か探りだしてくるわ。ちょっと考えていることがあるの。今夜は泊まるかもしれない。ジェームズには伝言メモを残しておけばいいでしょ」

「ここにいたほうがいいんじゃない？　きっと警察がまたあなたに会いに来るわよ」

「警察はミセス・ハーディと話せばいいわ。わたしにはどっちみち気分転換が必要なのよ」

「くれぐれも気をつけてね、アガサ。警察の捜査よりも、あなたたちの調査のほうを恐れている人間がいるんだから」

「その誰かは頭がおかしいんだと思うわ。ねえ、ゆうべわたしたちに銃を向けたのは男性だったの。ミセス・ゴア＝アップルトンは男みたいだったと、ミセス・コンフォートがいっていたのよ。もしかしたらミセス・ゴア＝アップルトンなんて存在しないんじゃないかしら。存在するのはミスター・ゴア＝アップルトン。慈善詐欺のために、何者かが女性になりすましていたのかもしれない」

「だとしても、やっぱり、あなたはここで休んでいたほうがいいんじゃないかしら、アガサ」

「いいえ、出かけてくるわ。村を出たら気分がよくなると思うの」

アガサはジェームズにメモを残すことを忘れてしまった。

ロンドンに着くと、アガサはいつのまにかケンジントンのグロスター・ロードめざして走っていた。ジェームズは本当に友人に会いに行ったんだし、その友人はヘレン・ウォリックじゃないと、どうしても確認したかったのだ。ヘレン・ウォリックの部屋がある建物めざしてグロスター・ロードを走りながら、駐車中の車をチェックしていった。もちろん、ジェームズはどこに駐車していてもおかしくなかった。混んだ時間帯にケンジントンで駐車スペースを見つけるのはむずかしい。クロムウェル・ガーデンとかエンペラーズ・ゲートとか、アガサの見えない場所に車を置いたかもしれない。そのとき、メーターのところに停められた彼の車が目に飛びこんできた。ヘレンの部屋が入った建物から数メートルの場所だ。さらにアガサにとどめを刺したのは、ちょうどジェームズとヘレンが旧友同士のように笑いあい、しゃべりながら建物から現れたことだった。時速八キロぐらいで運転していたアガサの後ろで、いらいらとクラクションが鳴らされた。アガサはスピードを上げた。Uターンして二人に追いつき、窓からジェームズを罵倒してやりたかった。

しかしそのままパレス・ゲート沿いに走り、ケンジントン・ガーデンズで左折するとシティをめざした。

ロイはオフィスにいた。アガサの不穏な表情を見るなり、彼はデスクの前で身をすくめた。「何があったんですか?」

アガサは火事について、発砲未遂事件について、調査についてすべてを語った。アガサが怒った顔をしていたのは自分とは関係ない理由からだとわかり、ロイは見るからにほっとしたようだった。

「やっぱり、そのミセス・ハーディのせいかもしれませんよ」アガサが話し終えると、ロイはいった。「彼女はどこからともなく現れ、カースリーに住みついた。本当は彼女がミセス・ゴア＝アップルトンだとしたら? ほら、いろいろな偶然がしじゅう起きるものですからね。コッツウォルズに引っ越してみたら、ロンドンで避けたかった人間が隣に住んでいた、なんて話をよく聞きます。だから、この件だってどうかな？　彼女はあなたのコテージを買った。あなたの名前がレーズンだったので、おそらくジミーの奥さんにちがいないと、愉快に感じたのかもしれない。あまりありふれた名前じゃありませんからね。やがて、あなたとジェームズとの結婚が予定されていることを彼女は知るが、離婚したんだろうと思っている。ジミーはあなたのことすら話していなかったかもしれないし。かたやジミーは、結婚式で騒ぎを起こしたあと酔っ払ってうろついていたら、ばったり彼女と会い、昔の友人だと気づき、さっそく圧力をかけようとする。で、彼女はジミーを亡き者にする。それからミルセスターの映画館に行き、今度は映画館の中でミス・パーヴェーを見かけ、まずいことにミス・パーヴェーも彼女に気づく。それでミス・パーヴェーも口を封じなくてはならなくなり……。

そのうち彼女はだんだん怖くなってくる。あなたたち二人を焼き殺そうとするが、隣人たちが『火事だ』と騒ぎはじめ、ジェームズの家の二階の明かりを目にし、あなたが『ジェームズ』と叫んでいるのを聞き、あなたたちが死にそうにもないことを悟る。そこで疑われないようにバケツで土をまきはじめた。さらに、あなたたちの追及をかわす作戦を思いつく。俳優かチンピラを雇って、発砲未遂事件を演じさせ、あなたを震えあがらせ、同時に彼女は事件のヒロインになった。ヒロインなら疑われっこないですからね」

「すごく狡猾な計画ね、ロイ。それが真相だったらいいんだけど、実をいうと、わたしとジェームズでミセス・ハーディのコテージに忍びこんだのよ——わたしはまだ鍵を持っていたから——で、書類を漁ったら、彼女は本当に自称しているとおりの人間だったわ」

「畜生」

「あなたの探偵は、警察には欠けている路上生活者とのコネクションがあるんでしょ」

「アイリスは困ったことに、今、猛烈に忙しいんですよ。働きすぎです。家庭内暴力の被害にあっている妻の相談を少なくとも二件抱えています」

「彼女に連絡をとってもらえないかしら。わたしが雇うわ」アガサは窓辺に歩いていき、屋根や塔がぎっしり立ち並んでいるだけのシティの窓の外に目をやった。

それからくるりと向き直った。「そうだわ、わたしたちで何か見つからないかウォータールー橋に足を運んでみましょう」

「わたしたちってどういう意味ですか?」ロイはいった。「ぼくにはここでやるべき仕事があるんです、忘れてませんよね？」

ドアが開いて、アガサの元秘書のバンティが顔を出した。「あら、まあ、ミセス・レーズン。ロイ、ミスター・ウィルソンがお呼びですよ」

「ここで待ってるわ」アガサはいった。

ロイはけばけばしいネクタイをまっすぐに直しながら、前途有望な若手重役には、こいつは派手すぎただろうかと不安になりながら部屋を出ていった。

ミスター・ウィルソンは数秒ほどロイを眺めてから、いった。「レーズンが来ているらしいね」

「おしゃべりしようと、ちょっと寄ったようです」

「あの女はおしゃべりするために寄ったりしないだろ。何が望みなんだ？　彼女の結婚をだいなしにしたせいで、きみの首をへし折りに来たのか？」

「いいえ、ぼくの助けを必要としているんです。どうかしてますよ。路上生活者のところに行き、亡き夫の背景についてもっと探りだしたがっているんですから」

「じゃあ、そうしたまえ」

「なんですって？」

「そうしろといったんだ。アガサ・レーズンはこれまで会ったなかで、いちばんいま

いまし い威嚇的な女かもしれないが、ＰＲ業界では最高の仕事をする。わたしは彼女をまた雇いたいと思っているんだ。とびきり親切にしてあげてくれ。引退してから、あの村でストレスと殺人だらけの暮らしを送っていることを、きみの口から指摘してやってほしい。ロンドンならたっぷり金が稼げるとほのめかすんだ。彼女に恩を売ってこい」

「だけど、今日の午後はアライド・ソープと会う予定なんです」

「それはパターソンにやらせればいい。きみの仕事は免除するから、あの女のご機嫌をとるんだ」

ロイはみじめな気分ですごすごと自分のオフィスに戻っていった。アライド・ソープは重要な顧客だったから。パターソンは手がけられて大喜びだろう。まったくもって人生は公平じゃない。

彼はオフィスのドアを開け、覚悟を決めると顔に笑みを貼りつけた。「喜んでください。一日暇になったので、いっしょに行けますよ」

アガサはうさんくさそうに彼をじろっと見た。「ウィルソンはあなたに何をさせようとしているの？　わたしをまた雇いたがっているんじゃないでしょうね？」

「いいえ、ちがいますって」アガサを助けたいというのは命令されたからだと白状したら、彼女は一生、彼によそよそしい態度をとるだろう。

「じゃ、古い服を手に入れて、役になりきったほうがよさそうね」

「着替える必要なんてありますか？」

「心配いらないわ。わたしが適当なものを見繕ってくるから。一時間後にここで落ち合いましょう」


しばらくのち、みすぼらしい格好をした二人の人間がチープサイドのペドマンズ社の外に立って、タクシーを停めようとしていた。アガサはオックスファムに行って、今二人が着ている服を買ってきたのだった。ロイはジーンズをはいていたが、アガサはその膝のあたりを破いておいた。それにデニムのシャツ、古いツイードのジャケット。アガサは長い花模様のスカートとブラウスに、くたびれたカーディガンを二枚はおり、さまざまなビニール袋を持っていた。どちらも安酒の臭いをプンプンさせていた。アガサが服に酒をたっぷりふりかけたのだ。さらに顔にも汚れをつけた。

「これじゃ無理ですよ」ロイは三台目の空のタクシーが停まらずに目の前を走り去るといった。アガサはペドマンズ社に戻っていき、ドアマンを呼んだ。

「何の用だ？」彼は不機嫌そうにいった。

「わたしよ、アガサ・レーズン」彼女は切り口上にいった。「そこから出てきてタクシーをつかまえてちょうだい」

アガサを嫌っているドアマンは彼女を上から下までじろじろ眺めて、にやりとした。ほう、あのババアもここまで落ちぶれたってわけか。せいぜいタクシーをがんばってつかまえるんだな。

「さっさと出てけ」ドアマンはいった。「ここではおまえみたいなクズには用がないんだ」

アガサは彼を罵倒しようと口を開いたが、ドアマンの背後で静かな声がした。

「ジョック、ミセス・レーズンのためにタクシーをつかまえるんだ、さっさとしろ」

そこにはミスター・ウィルソンが立っていた。「仮装パーティーにお出かけなんですよね、ミセス・レーズン？」

「そのとおりよ」アガサはいった。

ジョックは通りに走りでていくと、タクシーを停め、顔をそむけたままアガサとロイのために車のドアを開いた。アガサは彼の手に何かを押しこんだ。ジョックは帽子に手を触れた。タクシーは走り去った。ジョックは手を開いた。たったの一ペニー！硬貨を溝に投げこむと、彼は憤然として建物に戻っていった。

「ハンドバッグを持ってこなかったんですか？」ロイがたずねた。

「ええ、あなたの秘書に預けてきたわ。彼女のデスクにしまってもらったの。あなた、財布は置いてきたんでしょうね？」

「もちろん。だけど、誰がこのタクシー代を払うんですか？」

「あなたでしょ！」

「だから、お金は全部置いてきたんですってば」

「わたしもよ。そうね、小銭で一ポンド持ってるけど、それじゃウォータールーまでの料金には足りないわ」

「もう、どうするんですか？」ロイが泣き声をあげた。「よりによって――」

「いいから、このタクシーがドアをロックしていないことを祈りましょう」タクシーが減速して、信号で停止した。

「さあ！」アガサが叫んだ。

彼女はドアをこじ開けると、ロイを従えて通りに飛びだした。背後からはタクシー運転手の怒声が浴びせられた。

「あなたはまだ走れるんですね」ようやく立ち止まったとき、ロイは息をあえがせていった。アガサは脇腹をつかんだ。「おなかが痛いわ。本気で体重を落とさなくちゃ」

二人は安酒の臭いをふりまきながら、歩きはじめた。「物乞いをしたほうがいいかもしれないわね」アガサはロンドン・ブリッジの真ん中で立ち止まった。

「ぼくらじゃ、人の心にさほど訴えかけられませんよ。犬とか子どもが必要ですね」

「そんなものないわよ。あなた、歌うとか何かできないの？」

「車の往来の音がうるさくて、誰も音楽なんて聴きませんよ。お金を恵んでもらえる物乞いは哀れを誘うか、威嚇的か、どちらかです」

「わかったわ」アガサはビジネスマンの前に進みでると、片手を突きだした「食べ物のお金を恵んで。さもないと」

男は足を止めて、彼女をじろじろ見た。

「さもないと、どうするんだ？」

「酒びんであなたを殴りつけるわ」

「失せろ。警察を呼ぶぞ、クズめ。この国を凋落《ちょうらく》させたのは、おまえたちホームレスだ。たしかにおまえは年をとって働けないんだろうが、息子に養ってもらうべきだ」

ロイが悪意のこもった笑い声をもらした。

ビジネスマンは通行人に訴えた。「信じられますか？　こいつらは脅して金をせびっているんです」

「行こうよ、アギー」ロイがあわてていった。人の輪ができはじめていた。「警察を呼んで！」一人の女性が叫びはじめた。「警察！」

二人はきびすを返すと、また走りだした。橋をドタドタと渡り、ようやく群集から遠く離れた。

「こんなに走るなんて、馬鹿みたい」アガサが文句をいった。「どうせならオフィスに戻って、お金をとってくればよかった」

「もうすぐですよ」ロイはいった。「さっさとすませてしまいましょう」

日が暮れかけていた。帰宅途中の車のうるさい音が耳に反響した。ジェームズは今頃何をしているのかしら、とアガサは思った。

ジェームズは罪悪感を覚えていた。彼はヘレン・ウォリックをランチに誘いだし、それからコーヒーを勧められて彼女の部屋に戻ってきた。今日は休みをとったのよ、会議が開かれていないときはのんびりしているの、とヘレン・ウォリックは説明した。たぶん、ジェームズとアガサにすでに話したことしか、ヘレン・ウォリックには話すべき材料がなかったせいかもしれない。あるいは最初に会ったときほど彼女が魅力的に思えなかったせいかもしれない。ともあれジェームズは、ヘレンに対する興味よりも、アガサに自分の人生を支配されたくないあまり、この訪問をしたのだと気づくことができた。ヘレンは情報を引き出すのがとても巧妙で、とりわけ関心を持っている情報は、ジェームズの銀行口座の残高のようだった。ただし直接的あるいは下世話な質問は一切しなかった。保険市場やベアリングス銀行の破綻で影響を受けなかったか、といったような話題で探りを入れてきた。さらに、共通の知り合いだと思っていた友人たちは、彼女がパーティーや仕事の関連で会った人たちで、実際にはあまり親しくないのではないかと思えた。

「電話をかけさせていただいてもいいでしょうか？」ジェームズはとうとういった。

「それから、そろそろ失礼しないと」

「どうぞご自由に」

ジェームズは家に電話して、長いあいだ呼び出し音を鳴らし続けた。

「出ませんね」ジェームズは苦笑いを浮かべていった。

「ミセス・レーズンに連絡をつけようとしているんですの？」

「ええ」

「あら、彼女はロンドンに来てますよ」

「どうしてご存じなんですか？」

「ランチに出かけたときに、ちょうど車で通り過ぎていくのを見かけましたから」

「どうして教えてくれなかったんですか？」

「いおうと思ったら、ちょうどあなたが別のことを話しだして、すっかり忘れてしまったんです」

いまやジェームズは不倫の現場を見つかったうしろめたい夫のような気分になった。アガサが彼をスパイするためにロンドンにやって来たことにも、腹が立った。

「失礼しなくては。コーヒーをごちそうさま」

「あら、まだゆっくりしていてくださいな」ヘレンはいった。「今夜は何も予定がないんです」

「あいにく、わたしは予定がありまして」

ヘレンは立ちあがると、近づいてきた。ジェームズはあとずさったが、脚がソファに押しつけられた。ヘレンは誘惑の微笑をゆっくりと浮かべながら、両腕をジェームズの首に巻きつけようとした。ジェームズは頭をひっこめると、ソファの上に乗って背もたれをまたぎ、長い脚ですたすたと玄関に向かった。

「さよなら」彼はドアを開けながらいうと、階段を駆けおりていった。

「愚かな中年だ」彼は声に出していったが、それは自分自身に向かっていったのであって、アガサ・レーズンのことではなかった。

アガサはアイリッシュ・ブロッサムという甘い安ワインを二本買っておくという先見の明があった。コルクではなくねじぶたのついたボトルワインだった。アガサとロイは、ジミー・レーズンがいつもうろついていた場所近くにホームレスの一団を見つけた。さまざまな人が集まっていたが、ドラッグよりはアルコールに依存している人間のほうが多いようだった。薬物依存症者はもっと若く、もっといい場所を好んだからだ。スコットランド人やアイルランド人など、ケルト系の人間が大部分だったので、北に行けば行くほどアルコール依存はひどくなるという意見には多少なりとも真実が含まれているのかしら、とアガサは思った。

誰も二人と知り合いになりたくないようだったが、それもアガサがビニール袋からワインを一本とりだすまでのことだった。

みんなが一斉に周囲に集まってきた。ロイはボトルを回した。中身はあっという間になくなった。一人の老人が近づいてきた。彼はりんご酒のボトルを二本持っており、みんなで飲もうと差しだした。教養のあるしゃべり方をして、かつては教授だったといった。まもなく、全員がしゃべりだし、アガサとロイはパイロット、有名サッカー選手、脳外科医、実業界の大立て者に囲まれていた。

「この人たちは前世を信じているみたいね」アガサはささやいた。「たいていナポレオンとかクレオパトラとか、その手の人物だったのよ」

アガサは声を張りあげた。「わたしたちの友人が、以前、このあたりにいたの。ジミー・レーズンよ」

教養のあるしゃべり方をするチャールズと呼ばれている男がいった。「殺されたって聞いたよ。いい厄介払いだ、ケチなクズ野郎だったからね」

みんな口伝えに殺人について聞いたにちがいないわ、とアガサは思った。新聞を読みそうな人はほとんどいないだろう。

「彼の荷物はどうなったのかな?」ロイがたずねた。

「パーリスが持っていたよ」ホーガースの絵の登場人物のような、貪欲な顔にぎらついた目をしたやせた男がいった。「箱やなんかを全部。だけど、袋に入ってるものはリジーがもらった」

「どういうものだ?」ロイの声は鋭かった。

「あんたたち、いったい何者なんだ?」チャールズがたずねた。

アガサはロイをにらみつけた。「ぼくが誰なのか教えるよ」ロイはいった。その声は少しろれつが回らなくなっていた。「ぼくはシティの大物重役だ。話し相手がほしくて、夜ごとここに来ているだけさ」

脳外科医、パイロット、大立て者たちが彼を同類だとみなしたので、緊張がやわらいだ。「それからいいことを教えてやろう」ロイはオックスファムでアガサが調達したジャケットの深い内ポケットを探った。「ここに来る前に、ぼくのデスクからこのスコッチのボトルをとりだしてきたんだ」

それは真実そのものだったが、彼らはぼうっとした頭の隅で、ロイを嘘つき仲間の一人として受け入れた。スコッチは手から手へ回された。アガサとロイをのぞいて、全員がさんざん飲み騒いでいたあとだったので、スコッチでほとんどすぐに酔っ払い状態になった。

アガサは貪欲な顔つきのクララという名の女の横ににじり寄った。

「あんたに秘密を教えてあげる」アガサはささやいた。

クララはわずかに焦点があわなくなりかけているぎらついた目で、アガサを見た。

「わたし、ジミーと結婚していたの」アガサはいった。

「まさか！」

「本当よ。だから、リジーが持っていった袋は、わたしのものなのよ。彼女はどこにいるの？」

「じきに現れるんじゃない」

そこでアガサとロイは腰をすえて待つことにした。さらにたくさんのホームレスが仲間入りした。たびたび安酒がふるまわれた。古い石油缶で火が焚かれた。クララは酔っ払って歌いはじめた。

あまり寒い季節でなければ、心そそられる暮らしかもしれない、とアガサは思った。現実は締めだし、仕事や家族や責任にさよならして、昼間は物乞いをして、夜は何もかも忘れて酔っ払う。自分を縛るしがらみもなく、お金は入ってこないので浪費することもなく、いらいらもない。

「昔はこんなじゃねかったんだよ」チャールズがろれつの回らない口調でいった。

「おらあ、昔オックスフォードの教授だったんだ」

たぶんそうだったのかもしれない、とアガサはふいに憐憫に胸を突かれながら思った。しかしチャールズがかつての人生で何者だったにせよ、わずかばかり残っている脳味噌をしぼりながら、ウォータールー橋の下にすわっているよりはましだっただろう。

夜の帳《とばり》が下りはじめた。あちこちでけんかが起きた。女たちは泣いた。失った男と失った子どもを思って感傷的になり、さめざめとすすり泣いた。これはあまり心そそられる生き方じゃないわ、とアガサは思い直した。ここは地獄の前触れだ。サンドウィッチや温かいコーヒーを配るシルバー・レディ基金の車が来ると、短時間だけ人々は活気づいた。なかにはサンドウィッチとコーヒーをさらに酒と交換しようとする者もいた。

動物のように、じょじょに彼らはそれぞれの段ボール箱にもぐりこんでいった。それでもリジーは現れなかった。

すすけたロンドンに日が昇りはじめた。屋根に止まったクロウタドリが神々しいコーラスを聴かせ、地面の段ボール箱にいる人々の堕落と悲惨さと価値のない人生をいっそう際立たせた。

アガサはこわばった体で立ちあがった。「もう充分だわ、ロイ。あなたの雇った女性探偵にリジーを見つけてもらいましょう。二倍の料金を払うからって。わたしは家に帰るわ」

「ぼくたち、地下鉄代すらないんですか?」ロイがたずねた。

アガサはポケットを漁って、どうにか一ポンドを見つけだした。

「これはわたしの地下鉄代よ」彼女はきっぱりといった。

「オフィスに入ってバッグと車のキーを取り戻したいなら、ぼくといっしょじゃないとだめですよ。ぼくがオフィスの鍵を持っているんですから」

「鍵を渡して」

「だめです」

「わたしをはるばるオフィスまで歩かせるつもり？」

「ええ」

お互いに口もきかず、長い夜のせいで全身がこわばり痛み、疲れ果て、ひどいちゃんぽんで飲んだ安酒のせいで胃がむかつきながら、二人はウォータールー駅の方に歩きはじめた。

燕尾《えんび》服を着た身なりのいい紳士が、二人に近づいてきた。彼らの前に立ちはだかり、行く手をさえぎった紳士の顔には、哀れみと嫌悪の入り交じったものが浮かんでいた。紳士はポケットを探って財布をとりだすと、十ポンド札を抜きだした。

「頼むから」と彼はロイにいった。「お母さんにまともな朝食を食べさせてあげてくれ。これを酒に使わないようにね」

「ああ、ありがとう、ありがとう」ロイはお札をひったくった。

「タクシー！」彼が叫ぶと、奇跡中の奇跡で、タクシーが停まった。ロイはアガサを中に押しこむと「チープサイド」と叫び、車は走り去った。

燕尾服の男は憤慨して去っていく車をにらみつけた。ああいう輩《やから》に金をむだに使うのはこれを最後にしよう、と彼は決意した。


ジェームズも眠れぬ夜を過ごしていた。最初のうち、アガサは仕返しをするために外泊するのだと思っていた。しかしそのうち、何か彼女の身に起きたのではないかと心配になりはじめた。とうとうコテージの窓の前に置いた肘掛け椅子にすわり、車の音を聞くたびにぱっと立ちあがった。しかし、最初はミルクの配達、次は早朝にどこかに出かけていったミセス・ブロクスビーだった。

ジェームズのまぶたはしだいに重くなっていった。どうして彼女は電話してこないのだろう?

ついにジェームズはぐっすり眠りこみ、夢の中で彼はヘレン・ウォリックと結婚していた。彼にわかっているのはヘレンと結婚したくないということだけだったが、なぜか彼女にゆすられて結婚する羽目になったのだ。祭壇の前に立ち、アガサ・レーズンが現れて助けてくれないかと願っていると、錠前に鍵が差しこまれる音がして、彼はぱっと目を開けた。

ジェームズは立ちあがって叫んだ。「アガサ！　いったいどこに行ってたんだ？」

アガサはホームレスの衣装を着替えもせず、そのままの格好で帰ってきたのだった。

ジェームズはひどい有り様のアガサをまじまじと見つめた。目の下の黒い隅、酒臭い息と、アガサが変装の最初に衣類に吹きつけた安酒が入り交じったひどい臭い。

「ああ、アガサ」彼女を眺めているうちに、彼の目の中の怒りは同情に変わった。「ヘレン・ウォリックが何かしゃべるんじゃないか、何か役に立つことを知っているかもしれないと本当に思ったんだ。でも、きみがそれほど動揺するとわかっていたら……」

アガサは疲れ果ててすわりこんだ。「まったく男性のうぬぼれときたら、滑稽ね。わたしは失恋してぐでんぐでんに酔っ払ったんじゃないわ、いとしいジェームズ。ロイとわたしは変装して、ウォータールーの段ボール箱まで行ってきたの。そこでひと晩明かしたのよ。役に立ちそうなことを見つけだしたわ。ジミーは何かが入った袋を持っていたけど、それをリジーという女が持ち去ったんですって。ロイの探偵に頼んで、その女の行方を突き止めるつもりよ。さて、とにかく眠りたいわ。ここに来る途中で、もう少しで道からはずれそうだった。ヘレンを訪ねて楽しかった？」

「いいや」ジェームズはそっけなくいった。「大きなまちがいだった。金目当ての女だよ」

アガサは小さな笑みを浮かべると、階段に向かった。

「それから、その服は燃やしてくれ」ジェームズはアガサの背中に叫んだ。

8

その冒険のあと、アガサにはすべてが静かになった気がした。ミセス・ハーディはもう一週間時間をくれと頼んできた。ロンドンで家を見つけたが、部屋が使えるようになるまでにまだ時間がかかるとか。〈ビューグル〉はついに発砲未遂事件について聞きつけ、アガサへのインタビュー記事を掲載した。最初のうちはミセス・ゴア＝アップルトンについて知っている人が名乗りでてくるのではないかと期待していたが、重要なことを知っている人は誰も現れなかった。実は数人が警察に連絡してきた。ボランティアとして彼女の慈善団体で働いたことのある人々だ。しかし、彼らの情報は警察がすでに知っていることで、新たなことはほとんどなかった。ミセス・ゴア＝アップルトンはおそらく警察の手が届かない外国で、快適に暮らしているのだろう、というのがビル・ウォンの個人的な見解だった。

ある晩、ビルが訪ねてきて、二度と彼女をつかまえられないのではないかと思う、

と憂鬱そうにジェームズとアガサに話した。

「フレッド・グリッグズがミス・パーヴェーの殺人は他の事件とは関係ないといってるけど、どういうことなの？」

「あの映画館では、これまでに二件の刃傷沙汰があって、頭のいかれた犯人をつかまえたんです。犯人はパーヴェーも絞め殺したと証言しています」

「それで、彼を信じたの？」

「いいえ、でも、他のみんなは殺人事件のうち一件は解決したと考えているようです。お二人は何か発見しましたか？」

ジェームズはアガサを見て、アガサはジェームズを見た。アガサはまだマディの一件で心が傷ついていた。それに、マディが事件からはずされたことを知らなかった。ロイが謎のリジーを探偵に捜させていることをビルにしゃべったら、警察に先を越されてしまうかもしれない。そしてマディが手柄を立てるかもしれない。そんなことには我慢できない。

「いいえ、何も」アガサはいった。「もうすぐ隣に引っ越すことになっているのよ」

「いつですか？」

「今から三週間以内に。もっと早く越せるはずだったけど、ミセス・ハーディにどうしても延長してほしいって頼まれたの。ロンドンに物件を見つけたんですって」

「新聞のあの記事で、ミセス・ゴア＝アップルトンの情報を持っている人が名乗りでてきたのかい？」ジェームズが質問した。

「ええ、きましたよ。ほとんどが裕福な引退したご婦人で、彼女のために慈善活動をしていたんです。かなり多額の金を慈善事業に費やした人もいました。でも、他の人たちはミセス・ゴア＝アップルトンがロンドンのホームレスたちをほんの形だけ訪ねて、衣類や食べ物を与えているだけだと気づいて、財布のひもをしめたようです。人相はすでにわかっていることと合致しています――いかめしい雰囲気の中年で、がっちりしていてブロンド」

「その中にゴア＝アップルトンの友人はいなかったのかい？」

「ええ、慈善活動でしか会わなかったようです。ジミー・レーズンのことは全員が覚えていました。ミセス・ゴア＝アップルトンは彼のことをとても自慢していたとか。ささやかな親切と思いやりで、ここまで人々を変えられるという証拠だと、吹聴していたみたいです。二人のご婦人がミセス・ゴア＝アップルトンとジミーは恋人同士だったという印象を持っていました」

「でもまあ、ジミーが彼女を堕落させたとはいえないな。二人が出会ったとき、すでに彼女はうさんくさい慈善団体を主宰していたんだから。どうやって行方をくらますことができたんだろう？　慈善団体委員会に登録する必要があったはずだ」

「登録していなかったんです。ただ看板を出し、ボランティアも募集せず、いくつか教会を訪ねただけのようです。ある意味、見事な詐欺ですね。ある女性は一万五千ポンドを献金しました。寄付金の額を告白したのは彼女一人だけでしたから、他の人からミセス・ゴア＝アップルトンがいくらまきあげたかはまったくわかりません」

アガサは橋の下で人間性が踏みにじられた夜を過ごし、迷える人々を目の当たりにしたことを思い、激しい怒りがわきあがった。ミセス・ゴア＝アップルトンは貧しい人々を食い物にしたのだ。

「このまま彼女が逃げおおせるなんて我慢できないわ。村人たちはもう、ジェームズかわたしが殺人を犯したという考えを捨てたみたいだけど、このあいだ村のお店で不愉快なミセス・ボグルに会ったら、嫌味な笑いを向けられ『殺人を犯しても罪に問われない輩がいるんだよ』っていわれたのよ。だから事件が解決しなければ、今後どうなるかわかったものじゃないわ。みんなまた、そんなふうに考えるようになるかもしれない」

「何かわかったらお知らせしますよ」ビルはいった。

「調子はどうなの？」アガサはたずねた。「あなたのことだけど」

「マディですか？　ああ、あれは終わりました。母は大喜びですし、父もそうです。二人はがっかりすると思っていたんですけどね。ぼくに結婚してもらいたがっていましたから」

ウォン夫妻は大切な息子に興味を持つ女性を、あらゆる手段を用いて追い払うだろう、とアガサは心の中で思った。ただし、口に出してはいわなかった。それは彼女が少しいい方向に変わった証拠だった。昔のアガサだったら、他人の気持ちなどまったくおかまいなしだっただろう。

しかしアガサはビルの目の奥に傷ついた表情を見てとり、マディに憎しみを覚えた。

「それで、あなたたち二人はどうなっているんですか？」ビルがたずねた。

ぎこちない沈黙が落ちてから、アガサが陽気な口調で答えた。

「もうすぐ元どおりになるわ——わたしは自分のコテージに戻り、ジェームズは自分のコテージで暮らす。フェンス越しに手を振ることができるわね」

「ああ、なるほど、いずれ気持ちが落ち着きますよ、きっと。あなたが殺人事件の調査をあきらめたのでほっとしているんです、アガサ。過去にあなたの調査がまるっきり役に立たなかったわけではないが、おもにあなたがへまをして、いろいろなことを引き起こしたせいで解決に至ったんですからね」

アガサは憤慨してビルをにらみつけた。

「まったくもう、人を傷つけるようなことをいわないでよ」

「すみません。ただの冗談です。でも、あなたはあわや殺されかけたこともあったんですよ。またそれを繰り返さないでください」彼はにっこりした。「あなたを失うのはつらすぎます」

アガサはふいに笑顔になった。「あなたがもっと年上だったらよかったのに、と思うときがあるわ、ビル」

彼は笑い返した。「そして、ぼくもそう思うときがありますよ、アガサ」

「コーヒーはどうかな、ビル」ジェームズがつっけんどんにいった。

「え？　ああ、いけない、もう失礼しないと」

アガサはビルを玄関まで送っていった。「またすぐに顔を出して。わたしが自分のコテージに戻ったら、ディナーに来てね」

「約束ですよ。それから電子レンジ料理はなしですからね」

ビルはアガサの頰にキスすると、口笛を吹きながら帰っていった。

「あら、しまった」アガサはリビングに戻ってきた。そこではジェームズがむすっとして暖炉の前のラグを蹴っていた。「たった今思いだしたわ。アンクーム婦人会のメンバーたちをもてなすことになっていたのよ。村のホールに行ったほうがよさそうだわ。ミセス・ハーディもいっしょに来るかどうか訊いてみよう」

「お好きなように」ジェームズがつぶやいた。

アガサはまじまじと彼を見つめた。「どうしたっていうの?」

「ずっと執筆ができなかったからね」彼はワードプロセッサーのところに行って腰をおろし、スイッチを入れた。

アガサはやれやれと肩をすくめると、二階に行った。インフルエンザのように、ときどき愛が波のように押し寄せてくることがあるが、一時的にアガサはその攻撃を免れていた。それが永遠に続くことを祈った。

ビルが帰っていくときに吹いていたのと同じ曲を口笛で吹きながら、アガサは一階に下りてきた。ジェームズはワードプロセッサーの画面をにらみつけていた。

「出かけてくるわ」アガサは明るく声をかけた。

返事はなかった。

「わざわざ訪ねてきてくれて、ビルって親切よね」彼女は小さな笑い声をあげた。「どうしてわたしを気にかけくれるのかしらって、ときどき不思議になるけど」

「彼が来るのは」とジェームズが毒気を含んだ口調でいった。「きみのケツの穴から射している光で日焼けしたいからだよ」

アガサは口をポカンと開けて、ジェームズをまじまじと見つめた。ジェームズの顔は真っ赤になった。

「嫉妬してるのね」アガサはゆっくりといった。

「馬鹿いわないでくれ、きみとビル・ウォンみたいな若い男との関係なんて考えただけで胸が悪くなる」

「だけど、まちがいなくいらついてるでしょ。じゃあ、またね」

彼女はこれまで経験したことのない力がちょっぴりわきあがるのを感じながら外に出た。

ミセス・ハーディは自宅にいた。アガサの誘いにかなりしぶっていたが、結局アガサといっしょに村のホールに行くことにした。

「何が予定されているの？」ミセス・ハーディがたずねた。

「実は知らないのよ」アガサはいった。「いつもなら企画に参加するけど、今回は恐ろしいことが起きて駆けずり回っていたから、まったくタッチしていないの。だけど何にしろ、楽しめるわよ」

ホールに入って、ミセス・ブロクスビーからカースリー婦人会がコンサートをすると聞いて、アガサの心は沈んだ。

「コンサートなんてどうやってするの？」アガサは声をひそめてたずねた。「どの楽器にしろ演奏できる人なんて、メンバーにいなかったんじゃないかしら」

「きっと驚くわよ」ミセス・ブロクスビーはもの柔らかにいうと、文句をいっているミセス・ボグルがはおり物を脱ぐのに手を貸しに行ってしまった。

ミセス・ハーディとアガサは印刷したプログラムを渡された。

最初の出演者は婦人会の書記のミス・シムズで《人生ひとりではない》を歌うことになっていた。

しかし、最初の出し物は、ずらっと並んだ村の女性たちが、一九二〇年代の衣装に身を包んで踊るチャールストンだった。アガサは目をぱちくりした。ミセス・メイスンはいったいどこであのビーズのドレスを手に入れたのかしら？　ミセス・メイスンは姪が殺人犯だとわかったあとで村を出るといっていたのだが、結局とどまることを選び、その後、その殺人について口にする者は一人もいなかった。狭いステージでときどきお互いにぶつかりあうことを除けば、婦人会のメンバーは健闘していた。

それからミス・シムズが進みでて、マイクの位置を調整した。彼女はオープニング曲のために露出の多い二〇年代フラッパー風のドレスを着ていた。彼女は口を開けた。その声は細く、甲高く、高音ではきしみ、低音ではまったく消えてしまった。アガサはこの歌がこんなに長いとは知らなかった。ありがたいことに、ようやく歌は終わった。次にフレッド・グリッグズがステージに登場して、輪やスカーフがたくさんのっているテーブルの前に立った。フレッドは手品師を演じるようだった。彼が何度もへまをしたので、心やさしい村の観客たちは、わざとまちがえているのだと解釈して盛りあがり、げらげら笑った。フレッド一人がその笑いに加わらなかった。彼はどんどんあせりはじめた。とうとうたんすのように大きな車輪つきの箱が、ステージにころがされてきた。フレッドは女性を消してしまう手品をするので、誰かボランティアをしてください、と不安そうに頼んだ。

ミセス・ハーディがすたすた通路を歩いていき、ステージに上がった。

フレッドは小声で何かいってから、彼女を箱に入れるとドアを閉めた。

「紳士淑女のみなさん」フレッドがいった。「これからこのご婦人を消してみせましょう」

フレッドがステッキを振ると、二人の生徒が箱をぐるぐる回した。

それから、派手な身振りでフレッドはドアを開けた。ミセス・ハーディは消えていた。

温かい拍手。

フレッドは安堵の笑みを浮かべ、生徒に合図すると、二人はまた箱を回した。

「ほら《ヴィオラ》！」フレッドが叫んだ。彼はフランス語で「ヴォアラ」といいたかったのだろう。フランス語は魔法の言葉だと考えたのだ。彼はドアを開けた。表情を曇らせ、もう一度バタンと閉め、なにやら生徒たちにささやいた。箱がまた回された。

ふたたびフレッドは叫んだ。「ヴィオラ！」そしてドアを開けた。

ミセス・ハーディはいなかった。

それも手品の一部だと観客は考えた。フレッドは顔を赤くし、汗をかきながら、箱の中を探しはじめた。

「あんたときたら、わたしの猫だって見つけられなかっただろ」ミセス・ボグルが叫んだ。「あの女を見つけられないのも当然さ。あんたには目と鼻の先にあるものだって見つけられないんだよ、フレッド」

フレッドは彼女をにらみつけた。それからお辞儀をした。生徒たちは前に走りでていき、小道具をステージから片付け、今度はアルバート・グレーンジという村人が進みでてスプーン芸を披露しはじめた。

アガサはそっと座席から立ちあがると、急いで村のホールから出た。足早にライラック・レーンに向かった。何か恐ろしいことがミセス・ハーディに起きたのかもしれない、と思いはじめていた。

ライラック・レーンに曲がると、ミセス・ハーディのがっちりした体が目の前に見えた。

「ミセス・ハーディ！」アガサは叫んだ。

彼女は振り返った。

「いったい何があったの？」アガサは彼女に近づいていった。

「あんまり退屈でぶざまな手品だったから」ミセス・ハーディはにやっとした。「箱の裏側から出て、ホールの裏口から帰ってきたの」

「だけどフレッドがかわいそうだわ」アガサは抗議した。

「いいじゃないの。他の芸もさんざんだったから、もうひとつぐらい失敗してもどうってことないわよ」

アガサはいぶかしげに彼女を見た。「それはちょっとひどすぎると思うけど」

「あなたって人がわからないわ」ミセス・ハーディはいった。「かつては会社を経営して成功していたのに、こんな田舎で朽ち果てて、時間とエネルギーをこんなくだらないものに注いでむだにしている。よく耐えられるわね？　あんな退屈な田舎者たちに会ったのは初めてよ」

「退屈なんかじゃないわ！　とても親切だし温かい心の持ち主よ」

「まさか。あの臭いボグルばあさんみたいな人間が？　チャールストンで跳ね回っている哀れな村の女性たちが？　あなたはここにふさわしくないわ」

アガサは目をすがめた。「あなたはちゃんとした人だと思いかけていた。だけど、ちがったようね。あなたがカースリーからいなくなるのがうれしいわ。あなたこそ、ここにふさわしくないのよ」

「脳味噌が腐ってない人間には、ここはふさわしくないわね」

「コッツウォルズには頭脳明晰な人だって住んでるわ！　作家だっているわよ」

「牧師館で行われているセックスについて、更年期の中年女性たちが書いている長ったらしい小説のことかしら？　干からびて関節がギシギシいう老人たちがドライフラワーでアレンジメントを作ったり、下手くそな水彩画を描いたりして、上流階級のふりをしていることをいってるの？」

「ミセス・ブロクスビーは村の暮らしがすばらしいことのいい証拠よ」

「あの牧師の奥さんが？　自分自身の人生がないから、他人を通して生きている哀れな人でしょ？　ああ、議論はやめましょう。あなたはそれが好き。わたしはそうじゃない。じゃ、また」

アガサはのろのろと村のホールに引き返した。顔だけ見知っている女性がマイクの前で「フィーリングズ」と歌っていた。ボグル夫妻は眠りこけていた。

アガサは腰をおろして、あたりを見回した。ミセス・ハーディの毒のある言葉のせいで、もはや前と同じ目で見られなかった。なんてこのホールはみすぼらしくてむさ苦しいのかしら。雨が降りはじめ、高窓のガラスをにじませている。絶対にこんな人生よりも、もっといい人生があったはずよ。もしかしたら孤独のせいで、すべてをゆがんだバラ色の眼鏡を通して見ていたのかもしれない。それに、ジェームズとの関係がだめになったことはどうなの？　成熟した根性のある女性なら、彼とのことは不運としてすっぱりあきらめるんじゃないかしら？　それに、彼との結婚生活はどんなだったかしら？　彼はハンサムで頭がいいけど、まったく打ち解けない性格だし、すっ、ごく冷たい。たとえ結婚しても、人生はまったく同じだったかもしれない。それにセックスのことは？　彼は恋しく思ってないのかしら？　いっしょに過ごした夜のことをちらっとも考えないのかしら？

アガサにはジェームズが独身生活に戻りたがっているように思えた。ときおり恋愛が入りこむ独身生活に。

ロンドンのことはまったく考えていなかった。あそこでは友人が一人もいなかった。でも、それは彼女の生き方のせいだったのだ。彼女は変わった。仕事で儲けたお金を上手に投資してきたから、たとえロンドンに戻っても働く必要はないだろう。

ありがたいことに、コンサートは《ザッツ・エンターテインメント》を出演者が歌って終わった。

それから会場ががやがやして、椅子が引かれ、アンクーム婦人会をもてなすランチのためにテーブルがセットされた。アガサは身震いした。ホールは寒かった。ランチはおきまりのキッシュとサラダで、こうした催しにはつきものの料理にあわせる自家製ワインすらなく、粉っぽい紅茶だけだった。

会話は気が滅入った。アガサは周囲を見回した。わたしは何をしたのかしら？ どうしてここに溶けこめるなんて考えたのかしら？ 実はここにふさわしい人間じゃないのに。生まれたのは村じゃなかった。バーミンガムのスラムで生まれたのよ。木も花も、地面から生えてきて葉をつけるやいなや、引っこ抜かれてしまう土地で。結局、匿名社会のロンドンにもいい点がたくさんあった。ときどきビル・ウォンが訪ねてきてくれるだろう。それに、たぶん、ミセス・ブロクスビーも。ジェームズは……いいえ、わたし、アガサ・レーズンはジェームズ・レイシーにはもったいないわ。わたしは血管に赤い血が通っている男、親密になれる男、人柄が温かくて愛情深い男を求めているのよ。

「暗い物思い？」

ミセス・ブロクスビーが隣に滑りこんできた。長いテーブルでアガサの隣にすわっていた女性は、いつのまにかいなくなっていた。

「わたしはこの村にふさわしくないのかもしれないわ」アガサはいいながら、片手で部屋を示した。「それにねえ、わたしはジェームズとはあわないわ。もっと親密になれる人とつきあいたいの。セックスのことじゃないのよ。心の温かさとか、愛情のことをいってるの」

ミセス・ブロクスビーは信じられないようにアガサを見た。「あなたがジェームズ・レイシーに感じている魅力は、そういうものが欠如しているところだと思っていたわ。まさにそういうものがないことで、その関係にはきちんとした責任が生じない。最近ふと思ったんだけど、あなたたちは男と女というよりも、いっしょに暮らしている二人の独身男みたいだわ。それに男性から親密さと愛情とやさしさを求められたら、あなたはどう対処するのかしら、ミセス・レーズン？」

「アガサよ」

「ええ、そうだったわね、アガサ」

「自分は幸福の絶頂にいると思っていたはずなのに」

「どうして突然カースリーと、そこにいる全員にうんざりしたの？」

アガサは唇を噛んだ。ミセス・ハーディの言葉に影響されたとは、プライドが邪魔して認めたくなかった。

「ふと思ったのよ」

牧師の妻はアガサがそむけた横顔をしばらく見つめていたが、やがて、こういった。

「ミセス・ハーディが消えてからすぐに、あなたがホールを出ていくのを見かけたわ。彼女は見つかったの？」

「ええ、家に帰るところだったわ」

「あんなふうにフレッド・グリッグズに恥をかかせた理由を説明してくれた？」

アガサは村と村人たちについてのミセス・ハーディの言葉を繰り返したくなかった。

「ミセス・ハーディはフレッドがもういやというほど恥をかいていると思ったし、家に帰りたかったから、ああすれば都合がいいと考えたんじゃないかしら」

「そう」ミセス・ブロクスビーはいった。「たぶん、わたしの彼女に対する第一印象は正しかったんだわ」

「どう感じたの？」

「思いやりがなくて不幸な女性だって」

「あら、ちがうわ、彼女はわたしにちょっと似ていると思うの。もっと速いペースの暮らしに慣れているのよ」

「あの人にそう考えるように仕向けられたの？」

「誰かにいわれたことで、影響を受けたりしないわ」アガサは弁解がましくいった。

「それでも、ついさっきまではわたしたち田舎者にとても満足しているように見えたけど」

「たぶん、このホールの寒さとお天気のせいよ。それに本当にぞっとするコンサートだったから」アガサはいった。

「ええ、ひどかったわよね。でもアンクーム婦人会のコンサートも同じように悲惨だったわ」

「どうしてお互いにこんなことをしているの？」

「みんなステージで演じるのが好きだから。誰にでも素人役者の部分があるのよ。こうした村の催しでは、全員が演じるチャンスを手に入れられる。どんなに下手でもね。

誰もが拍手して、親切だわ。みんな自分のときも脚光を浴びたいと願っているからよ」

壁際の古いスチームラジエターが始動の準備でガタガタいいはじめた。

「あらようやく、ヒーターが入ったわ」ミセス・ブロクスビーがいった。「それに見て、アンクームの女性たちがアップルブランデーを持ってきてくれたわよ。ということは、スピーチのあいだに一杯やれるってことね。雰囲気がぐっと軽くなりそうだわ」

暖かさとブランデーの組み合わせは魔法のようによく効いた。アガサはリラックスしはじめた。自分が外から眺めているのではなく、またも、その一部になっていると感じはじめていた。アンクーム婦人会の議長がスピーチをして、いくつかジョークを飛ばすと、にぎやかな笑い声がはじけた。

ロンドンもミセス・ハーディも知るもんですか、アガサは思った。わたしはここで幸せだわ。

ジェームズとアガサはその晩ディナーに出かけた。ジェームズは機嫌が直っているようで、「わたしたちの殺人事件」について相談したがった。アガサは田舎の暮らしになじんでいるとふたたび感じられるようになったことですっかり満足して、個人的な会話をする気になれなかった。だが、ジェームズは亡き夫について覚えている限りのことを話してほしいといいだした。「たとえば、どうやって知り合ったのかとか?」

アガサはそのことをすっかり忘れていた。見栄のせいで、アガサはジェームズに身分の低い生まれであることを隠していた。嘘こそつかなかったが、中流階級の出身で私立の学校に行ったと思われているのを承知で、訂正もしなかったのだ。

「どうやってジミーと知り合ったかですって?」アガサはため息をつくと、ナイフとフォークを置き、長い歳月を振り返った。

「ええとね。わたしは家出をしたばかりだったの」

「バーミンガムの家?」

「ええ。現在は都心近接区域とかいうようだけど、かつてはスラム街と呼ばれていた地区にある部屋よ」アガサは記憶をたどるのに夢中だったので、ジェームズの青い瞳に驚きがよぎったことに気づかなかった。

「両親はいつも酔っ払っていた。十五を過ぎると学校に通うことも許してくれなかった。教師はどうか教育を修了させてあげてほしいと頼んでくれたのだけど。わたしはビスケット工場に働きにいかされたわ。ああ、そこの女たちときたら下品で粗暴だった。当時のわたしはガリガリにやせて泣きべそをかいている繊細な少女だったの。できるだけお金を貯めると、ある晩、ロンドンに家出した。両親が酔っ払っているあいだにね。秘書になろうと決心していたの。ビスケット工場のオフィスで見かけた秘書がすてきな人たちに見えたのよ。工場の作業現場でいっしょに働いている人たちに比べてね。それでウェイトレスの仕事をしながら、夜は秘書の学校に行き、速記やタイプを習ったわ。週に七日働いた。すごく大きな野心を抱いていたから、脚が痛むこともなかったのよ。そこはあまり高級なレストランじゃなかった。当時、高級レストランはウェイターしか雇わなかったの。ちょっと〈ライアンズ・コーナー・ハウス〉みたいな感じの店だったわ。食べ物はおいしいけど、フレンチじゃない。いいたいことがわかるかしら」

アガサは夢見るようなうっとりした表情を浮かべた。「ある晩ジミーがやって来た。かなりけばけばしいブロンド女といっしょで、彼よりも少し年上みたいだった。二人は口論しているようだったわ。そのうちジミーはわたしにお愛想をいいはじめ、それでよけいブロンド女は腹を立てた。彼がわたしに興味があるなんて思わなかったわ。ガールフレンドに何かの腹いせをするために、そういう真似をしているんだと思ったの。

だけど、その晩、仕事を終えて裏口から出ると、ジミーが待っていた。そして家まで送るといった。秘書の学校は夏休みだったから、わたしは昼も夜もずっと働いていたの。彼はとても……陽気だった。すごく愉快な人だった。それまでジミーみたいな人には会ったことがなかったわ。

それからわたしの家に着いた。キルバーンのワンルーム。どこに住んでいるのかって彼に訊いたら、どこでもない、彼女の家から放りだされたばかりだからっていうの。荷物はどこにあるの、ってたずねると、ヴィクトリア駅の手荷物一時預かり所だって答えた。彼の所持品はスーツケースひとつだけだったのよ。

ひと晩だけならソファで寝てもいいといってあげたわ。彼はそうした。でも、翌日は珍しく仕事が休みだったので、二人で動物園に行った。楽しかったわ。これまで動物園なんて好きじゃなかったし、今もそうだけど。ずっととても孤独だったから、ハンサムな男性といっしょに過ごして、何もかもがすばらしく感じられたのね。よく覚えていないんだけど、なぜか彼はわたしの部屋に越してくることになったの。もちろん、ジミーはわたしと寝たがったけど、当時、ピルは出回っていなかったし、妊娠することが怖かった。彼はそれを笑い飛ばして、じゃ、結婚しようといった。だから、そうしたの。ハネムーンでブラックプールに行ったわ」

アガサはふとジェームズを見て、ついに自分の生い立ちを洗いざらい暴露してしまったことに気づいた。そこで小さく肩をすくめると、先を続けた。

「ジミーはフリート・ストリートで新聞を積みこむ仕事についた。わたしはまだウェイトレスとして働いていて、学校に通っていたわ。結婚してひと月して、自分がフライパンから火に飛びこんでしまったことに気づいた。つまり、酔っ払いの両親との生活から、酔っ払いの夫との結婚生活に飛びこんでしまったのよ。

今日にいたるまで、ジミーがどうしてわたしと結婚したのかわからないわ。だって、彼はとても女性にもてたから。そのうちわたしを殴りはじめた。わたしはまだやせていたけど、けっこう力はあったから、殴り返した。そういうとき、わたしは酔っていないけど、彼は酔っていたわ。

ジミーはすぐ仕事をクビになり、次から次に仕事を替えた。でもたいていは何も仕事がなかった。わたしは二年間我慢したの。だけど、秘書としてPR会社に就職したので、いい服を買うお金がほしかったし、酔っ払った夫をそれ以上養いたくなかった。ある晩帰ってくると、ジミーはベッドでいびきをかいていたわ、口を開けて。マットの上に未開封の郵便物がころがっていた。それはわたしが取り寄せた断酒会のパンフレットの包みだったの。それを彼の胸にのせると、自分の荷物をまとめて家を出たのよ。

ジミーはわたしの勤め先を知っていたから、てっきり追ってきて、お金をせびると思っていた。でも、とうとうやって来なかったわ。歳月がたつうちに、彼は死んだにちがいないと思うようになった。あんなにお酒を飲んで、生き続けられるとは思えなかったから。わたしは野心で頭がいっぱいだった。だいたい、わたしはジミーについて何を知っていたかしら？　彼はとても魅力のある人だった。今じゃ信じられないでしょうけどね。最初に会ったとき、彼はわたしが世界でたった一人の大切な女性だと思わせてくれたの。それにジミーは、自分がきれいだと感じさせてくれた人生でたった一人の人だったわ。賢いこともいわなかったし、冗談も気が抜けていたけど、関係が悪くなるまでは、わたしをいい気分にしてくれたし、天にも昇る心地にしてくれた。世界には何ひとつ悩みなんてない、おもしろおかしい場所であるかのようにね」アガサは小さなため息をもらした。「ジミー・レーズンというのは本当はどういう人間だったのかしらね。よくわからないわ。最初のうち、お酒に溺れるたびに、ジミーは心から悔いていた。ああ、そうだわ。彼はしじゅうお金儲けのことを話していて、いつかそれがかなうと自信たっぷりだった。彼は夢に生きていたんだと思うわ」

「そして、わたしが思うに」とジェームズが手厳しくいった。「きみと出会ったとき、彼は新進の詐欺師だった。怠け者で働かなかった。きみを通じて女性に養われることを好むようになった。きみは彼の本性に気づいた。おそらく別の女性をひっかけるあいだぐらいは、彼も酒を断っていたのだろう。きみが語ったのは、貪欲で利己的な人間だよ、アガサ。生まれつきのゆすり屋だ」

「今話したことは、すでにもうあなたが知っていることばかりだと思うわ」アガサは小さな声でいった。

「いや、そうでもない。きみがそれほどつらい人生を送っていたことは知らなかった」

「そうかしら？　野心は最大の薬なのよ、知ってるでしょ。わたしはずっと前へ前へ進み続けてきた。きのうを振り返ったことは一度もなかったの。ともあれ、今回の殺人事件に戻りましょう。犯人はジミーが健康施設で出会った人たちの一人にちがいない。やっぱりその考えに戻ってくるわ。あのグロリア・コンフォートが逃げなければよかったんだけど。彼女は嘘をついていると思うわ」

「まちがいなく、わたしたちの訪問がきっかけで、彼女はスペインに逃亡したんだ」ジェームズがいった。「それから彼女の元夫がいる。彼は非常に攻撃的だった」

「だけど、彼は健康施設にはいなかったわよ」アガサが反論した。「ジミーとミス・

パーヴェーがどんな外見か、彼は知らないでしょう？」

「グロリアがわたしたちに話していないことのせいかもしれない。もしかしたらジミーはミスター・コンフォートに手紙を書いたんじゃないのかもしれないな。直接、彼を訪ねたこともありうる」

「そうね。じゃあ、ミス・パーヴェーは？」

「ミス・パーヴェーの殺人がジミーの殺人と無関係なら、範囲はもっと広くなるな」

「唯一の希望はロイの探偵が、例のジミーのバッグから何か見つけることね。謎の人物リジーがとっていったバッグよ」

アガサはくしゃみをした。

「風邪かい？」ジェームズがたずねた。

「わからない。少し冷えたのかもしれないわ。あのホールは、コンサートのあいだ凍えるほど寒かったの」

「家に帰ってベッドに入るんだ。このことは明日また考えよう」

カースリーに車を走らせていると、反対車線を一台の車が走り去った。ジェームズはいきなりブレーキを踏んだ。「あれはヘレン・ウォリックだった！　わたしたちに会いに来たにちがいない」

「あなたに、でしょ」

「追いかけたほうがいいな」ジェームズは方向転換した。

「何のために？」ヘレン・ウォリックのあとを猛スピードで走りだすと、アガサはたずねた。「もう話してくれそうなことはないといってたじゃないの」

「だが、あったにちがいないよ。じゃなかったら、わざわざ会いに来ないだろう？」

「寝ているわたしたちを殺すためとか」アガサがむっつりといった。

丘をくだり、モートン・イン・マーシュに向かいながら、ジェームズはヘレンの車がいないか目を凝らしていた。彼女はBMWを運転していた。モートンの最初のラウンドアバウトで一台見つけた。オックスフォード・ロードでどうにか追いついたが、運転者は年配の男性でヘレン・ウォリックではなかった。

さらに数キロ走ってから、無念そうにジェームズがいった。

「これまでだな。見失ったようだ」

「残念じゃないわ。あなたのあとを追って、ここに来ただけよ」

「たぶんそうかもしれない」ジェームズが同意したので、暗闇でアガサは顔をしかめた。家に帰り着く頃には、アガサは咳をして鼻水が出て、頭は火がついたように熱かった。

ジェームズにうながされて、アスピリンを二錠飲むとベッドに入り、騒々しい地獄のような夢に落ちていった。燃えさかる炎、銃撃、ロンドンのエンバンクメントをロイといっしょにヒールで必死に走っているところ。二人とも知らない相手から逃げようとしているのだった。

翌日、アガサはあまりにも具合が悪くて、一切合切がどうでもよくなっていた。一日じゅうベッドに横たわり、眠ったり起きたりしていた。ジェームズはトレイにのせた軽食や、ミネラルウォーターのボトルを運んできてくれた。アガサはこれはただのひどい風邪だし、ありふれた風邪の治療法があるなら、今頃新聞の一面の見出しになっているといって、彼に医者を呼ばせなかった。

夜の七時に、ドアベルが鳴り、人声がするのが聞こえた。やがてショックもあらわなジェームズの声が聞こえた。「なんだって！」

アガサはうめいて、ガウンを手探りした。風邪だろうが鼻が赤かろうが、何が起きているのか知りたくてたまらなかった。

階段を下りて、リビングに入っていった。最初、目の前の光景は熱が引き起こした幻覚かと思った。ウィルクスとビル・ウォン、それに二人の巡査がいたのだ。

アガサはまばたきして、彼らが本物だということに気づくと、こういった。

「この人たちはどうしてここにいるの、ジェームズ？」

「ヘレン・ウォリックが殺されたんだ」

アガサはいきなりすわりこんだ。

「ああ、まさか。いつ？」

「今日。スカーフで絞め殺されたんだ。しかも、彼女はゆうべ、わたしたちに会おうとした。ゆうべはここ、カースリーにいたんだよ。そして今は死んでいる」

ウィルクスがいった。「残念ながら、彼女の住んでいるマンションの住人は何も見ていませんでした。犯行時刻は午後半ばぐらいだと推測されます。彼女を知っている全員から供述をとっているところです」

「ごらんのように」とジェームズがアガサを指さしながらいった。「ミセス・レーズンはどこにも出かけられる状態ではなかったので、わたしは看護師役をしていました。食料品を買いに地元の店に二度行きましたよ。店の人間が証言してくれるでしょう」

「あなたたちは彼女に会いに行った」いきなりビル・ウォンがいった。それは質問ではなく、断定だった。「警察に任せることはできなかったんですか？」

ジェームズは用心深く答えた。「わたしたちが訪問しても、あなた方が訪問しても、異なった結果になったとは思えないな」

刑事たちはヘレン・ウォリックのいったこと、それからなぜまたもう一度足を運んだかについて、繰り返しジェームズに質問した。アガサは咳をしながら身震いした。あまりにも具合が悪くて、どうでもよくなりかけていた。

ようやく警察はひきあげていった。

「ベッドに戻りたまえ、アガサ」ジェームズがいった。「今夜はもう何もできないんだから」

だがアガサは長いあいだ寝返りを打ってばかりで、眠れなかった。どこかに殺人者がいるのだ。アガサたちを焼き殺そうとした殺人者は、また襲おうとするかもしれない。

ジェームズが寝ようとして二階の自室に行きかけたとき、電話が鳴った。

電話をかけてきたのはロイ・シルバーで、その声は鋭く、興奮していた。

「アガサはいますか？」

「アガサはひどい風邪をひいて、とても具合が悪いんだ。どういう用件かな？」

「あの女、リジーのことです。アイリスが彼女を見つけたんです。ジミーの所持品を持っていました」

「いいね。それで、何が入ってたんだ？」

「わかりません。リジーは百ポンド要求しているんです」

「じゃ、払いたまえ、さっさと」

「手持ちの現金がないんです、ジェームズ」

「支払いの手筈はどうなっているんだ？」

「明日の正午に、彼女が地下鉄のテンプル駅に来ることになっています」

「わたしが行こう。金を持って」

「アイリスも行きます。ぼくといっしょに。彼女がどの女かを教えてくれます。どうしてもアギーと話せませんか？」

「だめだ、とても具合が悪いんだよ。じゃ、明日」

ジェームズは受話器を置いて二階に行った。

「誰だったの？」アガサがたずねた。

本当のことをいったら、アガサがどうしても行くといい張るにちがいないことをジェームズは知っていた。

「〈デイリー・メール〉の記者だよ」彼は安心させるようにいった。「少し眠ったほうがいいよ」

翌日、アガサが這うようにして一階に下りていくと、テーブルの上にジェームズのメモが置かれ、ミルセスターの警察署に行くと書かれていた。ジェームズは、アガサがロンドンまで追ってくるのを避けたかったのだ。

アガサはキッチンに入っていき、コーヒーを淹れた。コテージはしんと静まり返り、ジェームズがいないと不気味だった。まだ火事で焦げた木材とペンキの臭いが漂っていた。ジェームズの保険請求が通るまで、大工が仮に作ってくれた合板のドアは、外界を締めだすには貧弱なバリケードに思えた。

猫たちにえさをやってから、庭に出してやった。脚がジェリーのようで力が入らなかった。もう一杯コーヒーを飲み、煙草を二本吸った。どれもひどい味がした。それからまたベッドにもぐりこんだ。

ジェームズはわくわくしながら地下鉄のテンプル駅に近づいていった。何か見つかるといいのだが。手がかりを与えてくれそうな何かが、ジミーの持ち物の中にあればいいのだが。アガサを一人きりで残してきたことが心配だった。駅に着いたのは十二時十分前だった。ふと思いついてミセス・ハーディに電話して、アガサに電話するか、大丈夫かどうかちょっとのぞいてくれないか、と頼んだ。ミセス・ハーディは愛想よく、他にやることもないから喜んでアガサの面倒を見るといってくれたので、ジェームズはほっとして受話器を置いた。

振り返ると、ロイと女性の探偵が待っていた。ロイが二人を紹介した。

「さて、その女はどこかな？」ジェームズはあたりを見回しながらたずねた。「現れなかったらどうしよう」

「現れますよ」アイリスがいった。「百ポンドでどれだけお酒が買えるか、考えてみてください」

「アギーも来られればよかったのに」ロイがいった。「具合はどうですか？」

「あまりよくない。実はこの件は彼女に話してないんだ。いくら具合が悪くても、きっとロンドンに駆けつけてこようとするだろうからね」

「彼女だわ」アイリスがいった。

みすぼらしい服を重ね着した小柄な女性が駅によたよたと入ってきた。目は深く落ちくぼみ、歯は一本もなかった。腰が曲がり、年老いて見え、ふたつのビニール袋をつかむ手はリウマチで曲がり、節くれ立っていた。

「こんにちは、リジー」アイリスがきびきびと声をかけた。「バッグを渡してちょうだい」

「まず金だよ」リジーがいった。「千ポンドほしい」

ジェームズやロイが何かいわないうちに、アイリスがいった。「そう、じゃ、おしまいね、リジー。百ポンド持って失礼するわ。その中に入ってるものは五ポンドの価値すらないんじゃないかしら」

リジーの目つきから、ジェームズは彼女がすでに亡きジミー・レーズンの遺産を使い果たしてしまったことを読み取り、アイリスと同じ意見だった。

「ねえ、ちょっと待っておくれよ」かぎ爪のような手がアイリスの袖をつかんだ。

「金は持ってきたのかい?」

アイリスがジェームズにうなずきかけたので、彼は財布から五枚の二十ポンド札をとりだした。リジーの目がぎらりと光った。

「袋よ、リジー」アイリスが催促した。

「金だ」リジーがいった。

「あら、だめよ。これがその袋なの?」アイリスがリジーから袋をとりあげた。「まずこの中を見させてもらうわ。古い新聞紙しか入ってないかもしれないから」

アイリスは中をのぞき、かき回した。ジミーの現世の持ち物は数枚の写真、コークスクリュー、手紙、くたびれた財布だけのようだった。

「いいでしょう」アイリスはいった。

ジェームズは金を渡した。「それで食べ物を買うように祈ってるよ」

リジーは頭がおかしいのか、といわんばかりの目つきでジェームズを一瞥すると、金をひっつかんで重ね着した服のどこかにしまいこんだ。それから小走りで去っていった。

「どこかに行って、手に入れたものを調べよう」ジェームズがいった。

「わたしのオフィスに行きましょう」アイリスがいった。「だけど、がっかりしそうですよ。書類と数枚の写真しかないみたいですから」

彼らはタクシーでパディントンにあるアイリスのオフィスまで行き、中身をデスクにぶちまけた。

さまざまな女性からのラブレターがあった。湿ってくしゃくしゃで染みがついている。おそらくジミーはそれを満足そうに読み返していたのだろう。ダークブラウンの髪をした小さな目のやせた少女の写真があった。それは財布に入っており、財布の唯一の中身でもあった。ジェームズはいった。

「驚いた、これは少女時代のアガサだ。とても彼女だとはわからないな」さらにさまざまな女性たちの写真と、ビーチにいるジミーの写真もあった。水着姿のブロンドの中年女性がジミーの背中にオイルを塗っていた。顔はカメラからそむけられていた。

「残念、彼女の顔が見られればなあ」ジェームズがつぶやいた。「これがきっとミセス・ゴア＝アップルトンにちがいない」

「他の写真をもう一度見せてください」アイリスがかがみこんで、写真を調べていった。「ほら」彼女が勝ち誇っていった。「同じ女性ですよ」

ジェームズはやせて攻撃的ないかつい顔をしたブロンドをまじまじと見つめた。そして、その顔を見つめているうちに、これまでに見たことのある顔だという確信が生まれはじめた。アガサも若い頃から驚くほど変化していた。人間は変わるものだ。女性は中年になると変わる。おもに肉がつくのだ。

そのとき、それが誰なのかが閃いた。ブロンドの髪を伸ばし、十五キロほど体重を増やせば、ミセス・ハーディになる。そう、口元は同じだ。それに同じ無慈悲な目。

「ああ、大変だ」ジェームズはいった。「彼女にアガサの面倒を見るように頼んでしまった」

「誰に？」ロイが叫んだ。

「ミセス・ハーディだ。ミセス・ハーディだったんだ、うちの隣に住んでいる」

「やっぱり。彼女なんじゃないかって、ぼくはアガサにいったんですよ」ロイはいった。

ジェームズは家に電話をかけた。誰も出なかった。そこでミセス・ハーディにかけた。話し中の音がした。冷や汗をにじませながら、ジェームズはビル・ウォンに電話して、せっぱつまった声で説明した。

9

お風呂に入って服を着たら、気分がましになるのではないかしら。ようやくアガサはそういう気になった。浴槽に長い時間浸かり、それから部屋に戻ると、暖かいセーターとスラックスを着た。自分のコテージに戻って、思い切りセントラルヒーティングを作動させられる日が楽しみでならなかった。ジェームズはセントラルヒーティングをタイマーにしていたので、朝の二時間と夜の二時間に温風が出てくるだけだった。それはアガサにはけち臭く思えた。

電話が鳴った。ミセス・ハーディだった。ジェームズがアガサの具合が悪いと話したらしい。食事を作りましょうか、とミセス・ハーディはたずねてくれた。

アガサはふいに家から出たくてたまらなくなった。たとえわずかな時間でも。

「コーヒーをいただきたいわ。すぐにうかがうわ」

猫を庭から呼び寄せてえさをやり、煙草をハンドバッグに入れると、外に出て隣家

に向かった。

中に入ってキッチンに通されたとき、アガサは来たことを後悔した。ミセス・ハーディが村と村人について口にしたことが、どっと脳裏に甦ってきたのだ。それに、ミセス・ハーディはアガサのことを哀れんでいるばかりか、滑稽だと思っているのではないかと感じはじめていた。アガサを見るとき、ミセス・ハーディの目には小馬鹿にした表情が浮かんだ。ただし、コーヒーを渡してくれたとき、その声は親切そうだった。「どうぞ。上等なブラジルコーヒーよ。本当につらそうね。ベッドから出ても大丈夫なの？」

「ええ、見かけよりも気分はいいの」アガサはいった。彼女はキッチンをぐるっと見回した。もうじきこのコテージは自分のものになるのだ。

「ミスター・レイシーはロンドンで何をしているのかしら？」ミセス・ハーディがたずねた。

「あら、彼はロンドンじゃないわよ。ミルセスターの警察署にいるの。メモが残してあったわ」

「それは妙ね。わたしに電話して、あなたの様子を見てほしいっていってきたのよ。彼が電話を切ってすぐ、一四七一に電話したの。ロンドンの番号だったわ」

「たぶん警察署からそっちに回ることにしたのかもしれないわ」

リビングの電話が鳴った。「失礼」ミセス・ハーディは電話に出るために出ていった。アガサは彼女がこういうのを聞いた。「いいえ、今日は彼女と会っていません」受話器が置かれた。電話がすぐにまた鳴った。ミセス・ハーディは電話に出たようで、コテージの静けさの中で、電話の向こうでしゃべっている小さな声を聞きとることができた。しかし、ミセス・ハーディが何も返事をしないので、アガサは首を傾げた。ミセス・ハーディがキッチンに戻ってくると、アガサはいった。

「誰かが電話に出てるんじゃないの？　ここからも声が聞こえるけど」

「ああ、よくある迷惑電話よ。ほら、荒い息づかいを聞かせたりとかの」ミセス・ハーディは戻っていってガチャンと電話を切ってから、受話器をフックからはずした。「思いだしたわ」ミセス・ハーディがいった。「これから出かけなくちゃならないんだった。でも、ここでコーヒーを飲んでいて。わたしは上に行って、とってくるものがあるから」

アガサはうなずき、コーヒーを飲んだ。やがて退屈になって立ちあがると、キッチンの戸棚を詮索がましくのぞいてみた。それから引き出しを開けた。ある引き出しには写真が入っていた。何気なくパラパラ見ていくうちに、驚きに目を丸くした。目の前にあるのは夫の顔だった。いかつい顔のブロンド女性と並んで、フランスのどこかの戸外のカフェにすわっている。

さらにしげしげと眺めているうちに、ミセス・ゴア＝アップルトンがジミーを南フランスに連れていったことを思いだした。

ゆっくりと引き出しを閉めると、キッチンカウンターにもたれて立った。みんな、なんて馬鹿だったのだろう。あきれるほど単純なことだったのだ。ミセス・ハーディはミセス・ゴア＝アップルトンだった。あの日映画館でミス・パーヴェーに気づいたのは彼女だったにちがいない。もっともロンドンに行っていたと話していたが。金めあてのヘレン・ウォリックはなぜかジェームズを訪ねてきて、ミセス・ゴア＝アップルトンを見かけ、その正体に気づいたにちがいない。二人は言葉を交わしたのだろう。

ミセス・ゴア＝アップルトンは外見がすっかり変わっていたので、ヘレン・ウォリックはこんなふうにたずねたかもしれない。「健康施設でお会いした方かしら？」たぶん、そんなところだ。そしてミセス・ゴア＝アップルトンは彼女に金を払おうとした？　ロンドンに訪ねていきたいわ、といったのかもしれない。住所はどちらだったかしら？　とかなんとか。そして、ヘレンは金儲けができることを期待して、その話にのった。

ミセス・ゴア＝アップルトンが階段を下りてくる足音がして、アガサの血は凍りついた。

またも熱が上がってきた。これほど頭がもうろうとしていなかったら、分別のある行動をとり、ただちに家を出て警察に電話しただろう。しかし目もくらむような怒りに襲われたアガサは、こういった。

「あんた、ミセス・ゴア＝アップルトンなんでしょ」アガサは親指を突きだした。「ジミーといっしょに写っている写真を引き出しで見つけたわ」

「あんたって、ほんとに村の田舎者ね。他人のことを詮索して」ミセス・ゴア＝アップルトンはがっちりした体で戸口をふさいで立っていた。

アガサは三人をどうして殺したのかと訊こうとしたが、気づくと愚かにもこういっていた。「どうしてカースリーなの？　どうしてこのコテージだったの？」

「ロンドンから出たかったのよ。スペインで暮らしてみたけど、あまり合わなかった。それで不動産業者にコッツウォルズで物件を探すように頼んだ。いくつか物件情報が送られてきたから、こっちに来て見て回ることにしたわ。で、不動産業者の一人からあんたの名前を聞いたの。ジミーと結婚していたことは知らなかったし、彼はあんたの名前も、結婚していたことも口にしたことはなかったけど、レーズンという名前に好奇心をそそられて、ここを買ったというわけ」

「そしてジミーが戻ってきて、あんただと気づいたから、始末したのね？」

「そのとおり。偽の書類で、ゴア＝アップルトンに名前を変えたのよ。慈善事業を清算したときに、元の名前に戻っただけ」

「どうしてわたしを殺さなかったの？」アガサはいいながら、きょろきょろして武器になりそうなものを探した。

「あら、ご存じのように、レイシーのコテージに火をつけて殺そうとしたわ。でも現場にいるのを村人に見られたので、仕方なく火を消そうとしているように見せかけたのよ。それに、けっこうあなたが好きになっていたしね。さらにわたしから疑いを完全にそらすために、銃撃犯役を雇った。あのキックは、さんざんリハーサルをしたのよ」

「ついさっき、電話をかけてきたのは誰だったの？」アガサはたずねた。「警察？」

「いいえ、お節介な牧師の妻よ。特別な理由があって、あなたの居場所を知りたいって」

アガサは胸を張った。ミセス・ゴア＝アップルトンは武器を持っていなかった。

「あなたの前を通らせてもらって、警察に電話するわ」アガサはいった。

ミセス・ゴア＝アップルトンはわきに寄った。「止めないわ。もう逃げるのはうんざり。少なくとも、この国には死刑はもうないし」

アガサは彼女の前を通り過ぎ、リビングに入っていった。受話器をフックに戻すと、もう一度持ちあげ、ミルセスターの警察署にダイヤルしはじめた。

背後からそっと忍び寄っていたミセス・ゴア＝アップルトンは、火かき棒をアガサの頭に思い切り振り下ろした。

うめき声をあげて、アガサはどさっと床に倒れた。

「馬鹿な女」ミセス・ゴア＝アップルトンは彼女を蹴り飛ばすと、受話器を戻した。

ミセス・ゴア＝アップルトンは裏庭に出ていくと、突き当たりの納屋に行って、鋤《すき》を見つけだした。それからアガサの庭のいちばん見事な低木をひき抜くと、芝生に放り投げ、墓を掘りはじめた。幸い、地面はやわらかく、掘るのは簡単だった。

リビングに引き返すと、意識を失っているアガサの脈を調べた。まだ生きていたが、埋めてしまえば、その問題は早々に片付くだろう、とミセス・ゴア＝アップルトンは考えた。アガサの足首をつかむと、キッチンから庭へとひきずっていった。アガサの傷ついた頭はドアのすぐ外に敷かれた石に、血の筋をつけた。さらに芝生をひきずっていくと、うつぶせに墓に放りこんだ。

「安らかに眠ってね、アガサ」彼女はシャベルですくった土を墓に放り入れた。作業に熱中していたし、家に背を向けていたので、フレッド・グリッグズにつかまれ地面に押し倒されるまで、誰かがやって来ていることに気づかなかった。そのかたわらでビル・ウォンは墓に飛びこみ、素手で必死にアガサの上から土をかきのけた。

アガサが病院で意識を取り戻すと、ベッドのかたわらにビル・ウォンがすわっていた。

「もう大丈夫ですよ」ビルはいった。「だけど、安静にしていてください。あとで供述をとります」

アガサはぼんやりとあたりを見回した。個室にいた。あちこちに花が飾られている。それから目を大きく見開いた。「すべてミセス・ゴア＝アップルトンのしわざだったのよ。何があったの？」

「かろうじて命が助かったんですよ」ビルがいった。「彼女はあなたの頭を火かき棒で殴りつけ、庭に墓穴を掘り、生き埋めにしようとしていたんです。すべて聞きたいんですか？　それともお望みなら、もう帰りますよ」

「ううん、いてちょうだい」アガサは弱々しくいったが、目を閉じてまた眠りに落ちていった。ふたたび目覚めたときは、前よりも力が戻っている気がした。医者から髪の毛の一部を剃り落として、頭を縫ったと聞かされた。さらにいくつか診察を受け、静かに休んでいれば、順調に回復するだろうと太鼓判を押された。アガサを次に訪ねてきたのはミセス・ブロクスビーだった。

「あなたが生きていて本当によかったわ」牧師の妻はボウルにブドウを盛りつけながらいった。「ねえ、すべてはまったくの偶然だったのよ。わたしはずっとミセス・ハーディ――それが本名だから、そう呼ぶことにするわね――のいったことを考えていたの。そして火事と銃撃犯について考えているうちに、嫌な予感がしてきたのよ。あなたが来ているかどうか、彼女のところに電話してみたわ。まずジェームズのコテージに電話したけど留守だったから。あなたはいないと彼女は答えた。でも理由は説明できないけど、なんとなく、あなたがいる気がしたの。もう一度かけて、あなたを見かけたかと訊いたら、彼女は電話から離れていってしまったのよ。そのとき遠くにあなたの声が聞こえた気がしたけど、すぐに受話器が戻された。コートをはおって、急いでライラック・レーンに行くと、パトカーが外に停まっているのが見えたの。彼女はあなたを生き埋めにしようとしていたのよ。なんて恐ろしい人かしら」

ビル・ウォンが入ってきた。「チョコレートを持ってきましたよ」

「すわって」アガサは勧めた。「そしてすべて話してちょうだい」

「彼女は供述しています。少し頭がいかれているんじゃないかと思いますね。いかがわしい慈善事業をしているときに、ジミーと出会ったんです。彼はろくでなしにちがいなかったが、びっくりすることをお教えしましょう。彼女は本気でジミーに恋をしたんですよ。あのスリムな体型とブロンドにした髪と南フランスの休暇のおかげでね。健康施設に滞在したあとの恐喝は、ジミーの思いつきでした。でも、彼女もそれに一枚かんだんです。

それから偶然にも、ジミーはあなたの結婚式で村を訪れたときに彼女を見かけ、ゆすろうとした。彼女は住所を教え、朝早くに訪ねてくるようにいった。あなたとジミーとの口論を目撃したとき、すでに男装してジミーを待ちかまえていた。彼女のクロゼットでサイズ9の靴を発見しました。彼女はジミーを絞殺し、これで心配はなくなったと思った。だが気の毒なミス・パーヴェーまで絞め殺した。ヘレン・ウォリックについてはヘレンがジェームズ・レイシーを訪ねてきたときに、顔をあわせたといっています。ミセス・ゴア＝アップルトンは……」

「ミセス・ハーディと呼ぶほうが簡単よ」ミセス・ブロクスビーがいった。

「じゃ、ミセス・ハーディは、ヘレン・ウォリックに自分が殺人事件とは無関係だと信じこませ、黙っていれば、『贈り物』を持って訪ねていくといったのです。あの欲張りの女はまっすぐ警察に行ったら、まだ生きていたでしょう。あなたは命が助かって幸運だった、アガサ。後頭部をひどく殴りつけられたんです。彼女の正体を知っていたんですか？」

「ええ、ジミーといっしょの写真をキッチンの引き出しで見つけたの。ひどい風邪をひいていたから――殴られたせいでそれはどうやら治ったみたいね――すべてが現実に思えなくて、愚かにも彼女を問いつめて、警察に電話するといったの。すっかり観念したように思えたんだけど。腹が立つのは、他でもないロイ・シルバーは、ミセス・ハーディが犯人にちがいないとずっと主張していたのよ。永遠にわたしに自慢し続けるでしょうね。だけど、ミセス・コンフォートはどうなったの？　どうしていきなりスペインに逃げたのかしら？」

「単純そのものですよ。戻ってきた彼女は、殺人事件に関わりたくなかったんだと説明しました。元夫を恐れていたんです。夫をとり戻すことを夢見ていたが、そのうちバジルといい仲になった。すると、元夫はとてつもなく怒りっぽく暴力的になり、酒に溺れるようになったそうです。ジェフリーは控えめにいっても奇人と呼べそうな人間になり、近隣からは酔っ払ったときの暴言について苦情がきていたとか」

「馬鹿な女」アガサは苦々しげにいった。「彼女のせいで時間をかなりむだにしたわ」ふいに二人を心配そうに見た。「ジェームズはどこなの？　彼はここに訪ねてきたの？」

　ビルとミセス・ブロクスビーは顔を見合わせた。

「ジェームズはどこにいるの？」アガサは追及した。

「真実をいったほうがいいわ」ミセス・ブロクスビーがいった。

「まさか彼を殺したんじゃないでしょうね？　ああ、神さま、あの人は無事なの？」

　ミセス・ブロクスビーが手を伸ばしてアガサの手を握った。「彼は無事です」ビルはいった。「彼はミセス・ハーディとミセス・ゴア＝アップルトンが同一人物だと気づいたんです。ロイのあの探偵が謎のリジーを捜しだし、ジェームズはジミー・レーズンとミセス・ハーディの写真を遺品から見つけた。それからミセス・ハーディにあなたの世話を頼んだことに気づき、ぼくに電話してきたんです」

「じゃあ、ジェームズはどこにいるの？」

　ミセス・ブロクスビーがさらに手に力をこめた。「彼はまず供述をしました」ビルが話を続けた。「それから、あなたの無事を確認するために病院にやって来た。そして北キプロスに出発したんです。ともかくここから逃げだしたいんだ、といってました。ミセス・ハーディが頼んでいた引っ越し業者が彼女の荷物を取りに来て、警察は必要な証拠をすべて押収しました。ジェームズは自分のコテージからあなたのコテージに荷物を運んでくれましたよ。すみません、アガサ。ぼくは彼とちょっとけんかしてしまいました。せめてあなたが意識を取り戻すまで待つべきだと、いったんです」

「そう、これでおしまいね」アガサは明るくいったが、その目には光るものがあった。

「勝つこともあれば、負けることもある。少し疲れたわ、よかったら……」

「そうよね」ミセス・ブロクスビーは立ちあがった。

「明日、供述をとりに来ます」ビルがいった。

アガサは弱々しく微笑んだ。「マディは連れてこないでね」

「絶対そんなことしませんよ」

二人が帰っていくと、アガサは泣きはじめた。ジェームズはどうしてこんなに冷たく思いやりのないことができるのだろう？

アガサはようやく、すすり泣きながら眠りに落ちていった。眠りに落ちる前に頭にあったのは、自分は世界でいちばん愛されていない女だというみじめな思いだった。

日がたつにつれ、アガサはゆっくりと力を、健康を、元気を取り戻していった。ロイ・シルバーがお見舞いにやって来たので、倉庫会社に電話して、彼女の荷物をすべて運んできてコテージに入れさせるように、という指示を出した。ロイは役に立とうとやたらに熱心だった。アガサをPR業界にまた復帰させることができれば、ミスター・ウィルソンが多額のボーナスを約束してくれたからだ。

二日後にまたロイは戻ってきて、すべてが元どおりになり、掃除婦のドリス・シンプソンが猫たちの面倒を見ている、と陽気に報告した。

「それから、これをあなたのキッチンのテーブルで見つけましたよ」ロイは一通の手紙を差しだした。

アガサは開封した。それはジェームズからだった。彼女は手紙を置いた。

「あとで読むわ」

「しかし、すごい冒険でしたね」ロイがいった。「もっとも、あなたの友人のビルが、新聞ではすべての手柄を独り占めしてますけど。ぼくたちのことはひとことも出ていないんです」

「あなたについては、ひとことぐらいあってもいいのにね」アガサはいった。「だけど、事件が解決したのはわたしの手柄じゃないわ。わたしったら、なんてまぬけだったのかしら！　あと数人殺されていたら、あのいかれた女は連続殺人者として歴史にその名を刻まれていたところだわ」

ロイはベッドの端に腰をおろした。「はっきりいって、この村の暮らしはあなたに向いていませんよ、アギー。暗すぎるし、危険すぎる」

アガサはにやっとした。「あなたが何を企んでいるかわかってるわよ、ロイ。あなたが一生懸命、役に立とうとする理由も知っている。いろんな用事を片付けてくれたことには感謝しているけど、また仕事に戻りたいとは思わないわ」

「ぼくに借りがあると思いますよ」ロイはいった。「そもそも、誰があの探偵を雇ったんですか？」

「あなたよ。それもとても卑劣な理由で」

「友情からしたことですよ」ロイはぷりぷりしながらいった。「ぼくがいなかったら、あなたは庭のデイジーの下で死んでいるところだったんです。ねえ、アギー、あのろくでなしのレイシーもきれいさっぱりいなくなったことだし、この事件を忘れるための刺激が必要ですよ。あと半年だけでもどうですか？」アガサは以前、ペドマンズ社で半年間働いていたことがあった。

アガサは顔をしかめた。うまくいくかもしれない。ジェームズのことを考えるたびに、胃に鈍い痛みを感じた。胸は破れなかったが、ときには内臓がばらばらに引き裂かれるような感じがした。

「わかったわ。だけど、半年間だけよ」

「アギー、あなたはすばらしい。ちょっと行ってウィルソンに電話してきます」

ロイが行ってしまうと、アガサはまた手紙を開いた。「アガサへ」彼女は読みはじめた。


とんでもなく卑劣な男だと思われているだろうね、こんなふうにキプロスに逃げだして。しかし、きみが回復するのを確認するまでは、カースリーにとどまっていた。実をいうと、一人になる時間がどうしてもほしかったんだ。それにこのまま残って、きみとまた会ったら、出発できなくなるだろう。正直にいうと、結婚する心の準備がまだできていないんだ。どうか許してほしい。わたしの人を愛する限られた能力では、これが精一杯なんだ。でも、わたしなりにきみを愛している。それをどうか覚えておいてほしい。

きみのジェームズ

アガサは手紙を置き、宙を見つめた。傷ついた魂に希望がまた燃えあがった。もう一度読み直し、さらにまた読み直した。「わたしの人を愛する限られた能力では、これが精一杯なんだ。でも、わたしなりにきみを愛している」

彼女はベッドわきのベルを鳴らして看護師を呼んだ。

「明日、退院できるかしら？」

「ええ、ミセス・レーズン」看護師はいった。

「じゃあ、お願いだから、退院に必要な書類を持ってきてもらえない？　今日退院するから」

「それが賢明なことだとお考えなんでしょうか……」

「あら、とてもとても賢明だわ」

「わかりました」

看護師が出ていくと、入れ替わりにロイ・シルバーがやってきた。「ウィルソンは喜んでいましたよ、アガサ。一カ月後に働きはじめられますか？」

「はいはい」アガサがいったので、ロイは疑わしげに彼女を見た。「にらまないで、ロイ。ともかく明日まではここにいるんだから。ロンドンで用があるんじゃないの？」

「ええ、でも逃げないでくださいよ」

「病院のベッドにいるのよ」

ロイは病室を出て、ゆっくりと廊下を歩いていった。医者と話している看護師のわきを通り過ぎたとき、会話が耳に入った。「あの五号室のミセス・レーズンですけど、今日退院したがっているんです。明日まで退院しない予定だったんですけど。一日ぐらい問題ないですよね」

二人は歩き去った。ロイは棒立ちになった。それからきびすを返したが、また立ち止まった。アガサが心変わりしたとしても、口を割らないだろう。彼女が退院するまで待って、家にまっすぐ帰るか確認しよう。

駐車場で一時間待っていると、牧師の妻のミセス・ブロクスビーがやって来た。さらに半時間後に、アガサがミセス・ブロクスビーといっしょに現れて車に乗りこんだ。ロイは自分の車に乗りこみ、あとをつけた。カースリーに行く代わりに、二人はまっすぐモートン・イン・マーシュに向かい、旅行会社の前で駐車した。ふたたびロイは二人が出てくるのを待った。それからさっそうと旅行会社に入っていくと、快活に話しかけた。「今ちょうど友人のミセス・レーズンを見かけたんだ。外国に行くのかな」

「ええ」旅行会社の女性担当者は陽気にいった。「北キプロスに」

「いつ？」

「明日です。さて、どういうご用件ですか?」

「あの小ずるい二枚舌のババアめ」失われたボーナスと失われた昇進のことを考えて、ロイは叫んだ。

「なんとおっしゃいました?」小粋なブルネットの担当者は仰天してロイを見つめた。

「それから、あんたもくそくらえだ」ロイはわめいた。「畜生、女なんて大嫌いだ!」

訳者あとがき

〈英国ちいさな村の謎〉シリーズ五作目『アガサ・レーズンの結婚式』をお届けします。四作目の『アガサ・レーズンと貴族館の死』を読んでいただいた方は、ええっ、このあとどうなるの？　と五作目をお待ちかねだったのではないかと思います。もしまだ四作目を読んでいなければ、ネタバレになってしまいますので、ぜひ四作目をお読みになってから本書を読んでいただきたいと思います。

四作目でジェームズと念願の恋人同士になってプロポーズをされたアガサですが、結婚を前に女心は揺れています。本当にジェームズはわたしを愛しているのかしら？　交渉事となると強気に立ち向かえるアガサですが、恋愛ではいじらしい女心がかわいらしく、同じ中年女性として応援したくなります。その一方で、アガサに恨みを持つロイ・シルバーが、ある企みを……。このあとの驚きの展開は本書でお読みください。

今回はアガサの親友であるウォン刑事が同僚の女性刑事を好きになり、初々しい恋心を見せています。恋に悩み、アガサといっしょに酔っ払う場面は、本筋とはまったく関係ないのですがとても印象に残りました。

また、アガサが過去のこと――生い立ちから、家出、ジミーとの結婚、それが破局するまで――をジェームズに打ち明ける場面があります。アガサの経歴はこれまで断片的には出てきたのですが、こんなふうにアガサの視点からまとめて語られたのは初めてです。彼女という人間の本質がよく理解でき、アガサ・ファンにとっては必読の場面です。

また本シリーズはテレビドラマ化され、イギリスのスカイ1HDで放映予定です。アガサに抜擢された女優アシュレー・ジェンセンは写真で見る限り、作品のアガサよりも若くて美人で、しかもブロンドで、あれ？　という感じですが、ドラマ化なので仕方ないのかもしれません。日本での放映が実現するかどうかはわかりませんが、完成が楽しみです。

次作 Agatha Raisin and the Terrible Tourist はキプロスを舞台にしています。ジェームズを追ってキプロスに行ったアガサが殺人事件に遭遇して、いつものドタバタを繰り広げます。ちょっとした観光気分も味わえそうで楽しみです。二〇一五年六月にはお届けできそうなので、しばしお待ちください。

七十八歳のビートンは彼女のフェイスブックの書き込みを読むと、パリでドアマットにつまずいてころんで肋骨を痛めたり（アガサの姿を彷彿とさせます）、夫とオリエント急行の旅を楽しんだり、講演に出かけたりと、精力的にあちこち飛び回っています。まだまだ元気でアガサ・シリーズを執筆し続けてくれることでしょう。

コージーブックス

英国《えいこく》ちいさな村《むら》の謎《なぞ》⑤

アガサ・レーズンの結婚式《けっこんしき》

著者　M・C・ビートン
訳者　羽田詩津子《はたしずこ》

2015年　1月20日　初版第1刷発行

発行人　成瀬雅人
発行所　株式会社　原書房
〒160-0022 東京都新宿区新宿 1-25-13
電話・代表　03-3354-0685
振替・00150-6-151594
http://www.harashobo.co.jp
ブックデザイン　atmosphere ltd.
印刷所　中央精版印刷株式会社

落丁・乱丁本はお取り替えいたします。
定価は、カバーに表示してあります。
 ISBN978-4-562-06035-1 Printed in Japan